実話奇譚

奈落

川奈まり子

竹書房文庫

目次

写真の顔　～まえがきに代えて～

真を写すと書いて写真と読む。

語彙としての「写真」は『漢辞海(第四版)』によれば、中国で五世紀の末に書かれた文学理論書「文心雕竜《ブンシンチョウリュウ》」に出典が求められるそうだから、元は漢籍、漢文である。

当然、大昔の中国にはカメラによるフォトグラフィは存在しない。現実に存在するものを写生した山水画や肖像画が、今の意味での写真のように本物そっくりだったわけではないが、そのものの魂の真実が描けていればよかったのではないかと思う。

日本でも、私が幼い頃、祖父母や親戚の老人たちは、天皇陛下の肖像写真を御真影《ごしんえい》と呼んでいた。この場合の「真」も写真の「真」と意味は同じだろう。

では、御真影の「影」は？

影には、光・陰影・姿・形・似姿・身代わり・水鏡などに映った姿や形など、さまざまな意味がある。『源氏物語　第四十九帖』の「宿木」には、故人の魂を影という字に託して、こんなふうに書かれている。

亡き御影《みかげ》どもも、我をばいかにこよなきあはつけさと見たまふらむ
（亡くなったあの方たちも、どれほど私をこの上ない軽率者とお思いになることだろう）

写真は魂の真実までも写すのだろうか？

だとしたら、近頃、私の魂は、人の顔をしていないことになる。


私は四年近く前からフェイスブックやツイッターで不思議な体験談を募集しているほか、伝手を頼って体験者さまを紹介していただいて、実話奇譚を蒐集している。

そうこうするうち怪談業界（？）に知り合いが出来て、怪談会や怪談番組・怪談ＤＶＤに出演する機会も増えた。

今年六月のこと。私は『実録‼ＴＯＣＡＮＡ心霊ファイル』というＤＶＤに出演した。

拙作を連載している「ＴＯＣＡＮＡ」の編集長・角由紀子さんから出演オファーを貰い、心霊スポットに連れていってもらえるというので、大喜びでお請けしたのだ。

収録日は六月下旬、出演者は映画プロデューサーの叶井俊太郎さん、前述した角由紀子

さん、そして私の三名。日中は三和タクシーを訪ねて、同社が手掛ける心霊スポット・ガイドについて取材し、その後、今回の主なロケ地である北関東の某ダム湖に向かった。

ちょうど、関東甲信越地方の梅雨明け宣言（二九日）の前日だったと記憶している。例年より早く梅雨が明けて、この日も晴天に恵まれた。某ダム湖に到着したのはたそがれ時で、湖上の空が紫に暮れなずんで美しかった。ここは人口湖としては日本一の大きさだそうで、緑豊かな山々に囲まれ、本来はとても風光明媚《めいび》な場所なのだ。

しかし湖畔の集落はさびれ、辺りには人っ子ひとり歩いていなかった。そのかわり、大きな野兎が車道をぴょんぴょん跳ねていて、私たちを驚かせた。

赤い吊り橋の近くの駐車場で、全員、車を降りた。すぐに収録を始めたが、ビデオカメラが回っている最中も、自分のスマホの写真を撮っても構わないとのことだったので、私はあちこちにスマホのレンズを向けて景色を写しはじめた。

やがて日が完全に落ちた。たまたまストロベリー・ムーンの晩で、赤い満月が空にかかった。しかし、妙に暗い。月影のほかに吊り橋の両側のたもとに人工の灯りもあった。それでも湖畔の山々は黒く沈み、吊り橋も、中ほどは闇に呑まれている。

実に陰気な景色で、監督や角さんから、この吊り橋は飛び降り自殺が多いそうだと聞かされても、少しも意外に感じなかった。もしかして自殺者の幽霊が写るかもしれないと思い、私は試しに、誰もいない橋に向かってスマホを構えてみた。

するといきなり、顔認証の黄色い四角が液晶画面に現れた。

「わあ！　角さん、誰もいないのに顔認証しますよ！　凄い！　ほらほら！」

私がはしゃいでいると、角さんは引き気味に「そんな川奈さんが怖い」と苦笑いしながら、自分のスマホで斜め後ろから私を撮ったのだが。

「あれ？　この写真、変ですよ！　川奈さんの顔が、破壊されちゃってます！」

「顔ですって？」

角さんは今、左斜め後方から撮ったから、私の顔は写っていないはずだ。

ところが、見せてもらうと、私が顔の前にかざしたスマホの液晶画面に、たしかに破壊された私の顔らしきものが写っていた。

「本当だ。手ブレかな？　でも自画撮りはしていませんでしたから、変ですね」

「ええっ？　自画撮りじゃないんですか？　でも、そんなことより……川奈さん、よく冷静でいられますね。顔をこんなふうにされたのを見て、怖くないんですか？」

私は、なぜだかちっとも恐怖を感じなかった。が、滅茶苦茶に破壊された自分の顔をつきつけられて平然としていられる方がおかしいのだろうという自覚はあった。

その後、角さんから私のスマホに写真を送ってもらって、つぶさに観察した。

写真の中で私が手にしているスマホの液晶画面に、まるで浮世絵の大首絵のように、何者かの首から上が写っている。

桃色がかった象牙色の肌は、私の皮膚の色合いそのものだし、下顎の輪郭も、長い前髪が顔の片側を半ば隠しているところもそっくりだ。

ただし、よく見ると前髪の分け目が左右逆だった。

そして、この顔には目鼻が無い。すべての造作が肌色のクリームのように溶けて、あちこちに大小の灰色の凹みがあるだけ。角さんの言うとおり「壊れちゃって」いる。顎のラインは整っているが、首は下すぼまりに細くなり、本来あるべき着物の衿や肩は見当たらない。

顔の背景は、不自然なまでに均一な黒。奈落の暗闇から「顔」が液晶画面に浮かびあがってきたかのようだ。こいつは、細くすぼまった首をくねらせて泳いできて、画面の中から私を観察していたのではないか……。

《深淵をのぞく時、深淵もまたこちらをのぞいているのだ》というニーチェの言葉をふと思い出した。

このフリードリヒ・ニーチェ『善悪の彼岸』一四六節のあまりにも有名な一節には、《怪物と戦う者は、その過程で自分自身も怪物になることのないように気をつけなくてはならない》

という前半があり、深淵云々という文はこの後に続く。

「川奈さん、この顔も怖い！　これ、川奈さんじゃないですよ！」

吊り橋を離れる前に、角さんが叶井さんと私が並んでいるところをスマホで撮ったら、今度は、別人のようであるうえに黒目が消えた顔に撮れてしまったのだった。

頬骨とえらが横に角張って張り出し、頑丈そうな下顎をしている。顔だけ見たら男性だと思うかもしれない。そして、アーモンド型の眼は白く、二つとも瞳がない。

酷薄そうな笑みを浮かべて真っ直ぐカメラを見つめているので、さっきの写真よりも迫力がある。一言で印象を述べるなら「怪人」だ。


さらに強力な顔が撮れたのは、それから二ヶ月以上後の九月の深夜で、このときはイベントやグラフィックを手掛ける怪談プランナーで作家の西浦和也さんと友人の京王さんと連れだって、心霊スポットを訪ねていた。

その日は、気象庁の天気予報では曇りのはずが、東京を中心とした関東圏は夜半から雨になった。京王さんの車に乗り込み、埼玉県や千葉県の有名どころを雨に濡れながら何ヶ所か巡った。道程の半ばで、埼玉県の廃火葬場を見終えたとき、京王さんが西浦和也さんと私のスナップ写真を撮ろうとした。

「ハイ、そこに並んで。今日の記念に一枚撮らせてください」

「京王さん、ついでに僕のカメラでも撮ってくださいよ」

「わかりました」

こんなやりとりがあり、京王さんは続けて西浦和也さんの一眼レフを借りて私たちを写した。私も西浦和也さんもニッコリと笑顔を作って一枚に納まった、はずだった。

ところが――。

「なんだこれ？　川奈さんの顔が凄いことになってますよ！　目のところに穴が！」

京王さんが騒ぎながら西浦和也さんにカメラを返した。

「……本当だ。左目の穴は、髑髏《どくろ》のようにも見えますね。もう片方の目も白目を剥いているし、口もとも……これは歯かな？」

この写真もデータを送ってもらった。

あらためて見ても凄まじい顔で、顔の左側は白く光る髑髏の面を被り、分厚い唇とも喰いしばった前歯ともつかない出っ張りと段々に口もとを占拠されており、右目は黒目を上に引きつけてほとんど白目。しかも顔全体が本来のサイズより二回り大きく膨らんでいる。右の眼は死相を表しているようでもあり、黒目が横に細いことから山羊の目にも似ていた。

山羊はバフォメット（サバトの牡山羊。悪魔）を連想させるし、髑髏は死に神風なので、欧米のB級ホラー映画なら私は悪魔に取り憑かれたことにされそうだ。

写真と言えば、この廃火葬場で私たちは、黒いサインペンで「早く死ね！」と書かれた紙焼き写真を見つけた。

ここを訪れた誰かが、意図的に置いていったものだと思われた。

収骨室の隅にデスクがあり、その上に表を天井に向けて載せられていたのだ。

標準的なL版のフチありカラー写真を縦半分に切り取ったもので、女性の隣に誰か写っていたことが推測できた。背景は荒々しい瀑布。白い飛沫が煙幕を成す激しい滝と岩場の景色からは轟音《ごうおん》が聴こえてきそうな気がした。

女性はピンクのシャツを着て赤いズボンを穿き、笑っていた。もしかすると子どもかもしれない。顔は中年女性のようにも見えるのだが、頭が大きく、胸の膨らみも無い。表に日付は入っておらず、裏返してもみたが、黒い土の粒がまばらに付着しているだけで何も記されていなかった。

「気味が悪いですね」と、この写真を眺めながら京王さんが言った。「どうしてこういうことをするんだろう」彼は悲しそうな表情だった。

そのとき、京王さんと私がいた所の近くの壁に、子どもの頭ぐらいの質量がある重くて硬い物質が外から投げつけられ、音を立ててぶつかった。壁が揺れるほどの勢いだった。

「ああ、またか」

京王さんが呟いた。彼は前にもこの廃火葬場に来たことがあり、そのときも同じ現象を経験したと語った。

「この壁の向こうは建物の裏だから、誰かが来たのかと思うでしょう？　でも、見に行っても誰もいないんです。石も何も落ちていません。今回も、そうですよ」

後で収骨室の裏を見に行こうと思ったが、葛《くず》と雑草や灌木が繁茂して人が潜れる隙間もなかった。雨が降りしきる深夜で、近辺に人家もないのだから、人ではない何かに叱られたと考えるのが筋だという気がした。

このように、最近たびたび、いわゆる心霊スポットを探訪しているのだが、私自身は全くと言っていいほど怪しい写真が撮れない。

私を写すと、化け物が写るのだが。

つい二週間ほど前には、五、六人の集合写真で、私だけ顔認証しないという珍事が起きた。撮影者が二度、三度、スマホを構え直しても、どうしても私の顔をスマホのカメラが認識しない。結局、私だけ顔認証しないまま撮っていただいたら、化け物になることもなく、ふつうの顔で写っていた。

私には、その顔が、妙に嘘くさく見えた。

霊験

福島県いわき市平豊間《たいらとよま》地区に、非常に霊験あらたかな神さまの祠《ほこら》があったという。ずいぶん古びて、正直、ご利益がありそうな見かけではなかった。石造りの土台にちょこんと載って、赤いトタン屋根が葺《ふ》かれていた。地面から屋根の天辺まで高さ一メートル足らず。すぐ後ろにある細い木の電柱に寄り掛かるようにして建っていた。

祠にはある家の守護神が祀られていて、ユキ子さんというお婆さんが大事にしていた。庭に祠を建てて家を守護するのは屋敷神《やしきがみ》だが、この辺りの方言では、同じものを氏神《うじがみ》さまと呼ぶ。かつては界隈のどの家にも必ず氏神さまが祀られていた。

ただ、近所の家々の氏神さまがご先祖の霊を祀っているのに対して、ユキ子さんの氏神さまはお稲荷さまだった。

また、他の家の氏神さまは家の敷地の北西と北東に対にして建っているが、ユキ子さんのところではなぜか南西の角に一つあるだけだった。

しかしユキ子さんは、結婚してここに来たその日から、家の真ん前の豊間海岸から絶えず吹き寄せてくる潮の香と同じように、このちょっと変わった氏神さまも素直に受け容れて、すぐに、自分にとって無くてはならないものだと感じるようになった。

息子夫婦に母屋を明け渡して南西の角部屋を使いはじめてからは、朝起きたらすぐに、玄関を通らず、自分の部屋の縁側から庭に出て、祠の掃除をしている。歳を取って部屋にいることが増えたせいか、氏神さまを若い頃より身近に感じるようになった。

雨が降ろうが雪が降ろうが、同居する息子夫婦や孫に氏神さまの手入れを代わらせたことはなかった。

二〇一一年三月一一日一四時四六分、大きな地震があった。一昨日も昨日もかなり揺れたが、今回のがいちばん激しい。ユキ子さんは家の中で揺れが収まるのを待った。

家族は全員出掛けていて、家にはユキ子さんしかいなかった。

揺れが完全に止まったかどうかしばらくようすを見てから身支度を整え、バッグと自家用車の鍵を持って、用心しいしい縁側に出た。沓脱石《くつぬぎいし》にいつも乗せているゴム長に片足を入れたとき、近所で誰かが叫んだ。

「逃げろーっ！　津波が来るぞーっ！」

ユキ子さんは驚いて、海の方を振り向いた。

一瞬、我が目を疑った。

庭と湾岸道路の幅を足した五四、五メートル先は海岸線で、幅の狭い砂浜に波が寄せている。その向こう、沖合に、水平線の長さで黒い壁がそびえていた。

車に乗っていては間に合わない。もはや老いた足腰に鞭打って少しでも高い所へ逃げるしかない。ユキ子さんは氏神さまがある家の南側へ走った。氏神さまの前で立ち止まって後ろを振り返ると、さっき見た黒い壁が道路の砂留を咥えて噛み砕いていた。

墨色の水の中で木片やコンクリートが舞い狂っている。

氏神さまによじ登り、祠にくっついて立っている木の電信柱に両腕でしがみつくのと、辺りが暗くなるのが同時だった。来る、と、思った途端、轟音が耳を塞いだ。水に頭の天辺まで包まれると、閉じた瞼《まぶた》の裏に黒い壁や舞い踊る木片が映った。

――ふと気づけば、いつの間にか鼓膜がチーンと鳴るほど静かになっていた。

目を開くと、堤防や道路、家や車といった人間の生活が破砕された大小の欠片が凶暴な速度で両横を流れ飛んでいた。

ユキ子さんの家も、土台だけ残して流されてゆく。さっき乗ろうとしていた車はすでに見当たらない。石つぶてが散弾銃の弾のように水中を飛んでいる。

けれどもユキ子さんは擦り傷ひとつ負うこともなく、溺れることも凍えることもなく、あいかわらず赤いトタン屋根にゴム長を履いて立ち、木の電信柱に両手でつかまっていた。周囲は根こそぎ破壊され、水が引いたとき、姿を変えずに立っているものはユキ子さんと氏神さまと電信柱だけになっていた。

（補遺）

・文中の「ユキ子さん」は仮名ですが、この逸話は福島県いわき市平豊間地区で本当にあった出来事で関係者の間で奇跡として語られているそうです。

彼女は現在もご存命です。

・二〇一一年の東日本大震災のとき、平豊間地区では地震発生から三〇分以上が経過した一五時二五分頃になって津波に襲われたという説があります。

記録により数分の差異がありますが、執筆にあたっては、インタビューに応じてくださった方の証言を重視しました。

・平豊間字下町においては、いわき市内最大の高さの津波となる八・五七メートルを記録。

同地区はいわき市内最大の深刻な津波のよる被害をこうむり、全壊家屋（流出・撤去・条件付再生可）は全戸数の七二％に及び、直接死で八三人、関連死で六人が亡くなりました（各数値は福島県いわき市編纂『いわき市・東日本大震災の証言と記録』を参照しました）。

水が繋げる

林吉雄《はやしよしお》さんの父方の叔母は、昭和三九年に一九歳で亡くなった。滋賀県の琵琶湖《びわこ》で水泳中に姿が見えなくなり、どれだけ探しても発見できなかったのだ。

やがて亡骸《なきがら》が無いまま死亡届が出されて葬儀が執り行われた。このときはまだ、林さんは生まれていなかった。

それから四一年が経った平成一七年、三九歳になった林さんは、経営している会社の取引先から九州の宮崎県にあるリゾートホテルに招待された。

海辺のスイートルームを用意するというので当初は妻を同伴するつもりだったが、直前になって子どもが風邪をこじらせたので、代わりに妹を連れていった。

日中はゴルフなどをして遊び、夕方からは招待主が主宰するパーティーに妹と参加して、夜はスイートルームの二間に分かれて床に就いた。

林さんはそれから朝まで熟睡したが、妹の方は、突然、強い光に顔を照らされて目を覚ましてしまったのだという。

見れば、真っ白な光が窓から差し込んできている。驚いていると、光の中から声がして、名前を呼ばれた。若い女性の声だった。

眩しさをこらえて光の方を透かし見たところ、なぜか、ある名前が頭に浮かんだ。

「和子さん？」

すると即座に返事があった。

「はーい！　嬉しいわ！　私の名前を憶えていてくれて！」

そう喜ぶや否や、声の主が光の中心から飛び出してきて、大はしゃぎでベッドの周りを走りまわった――。

このような話を翌朝、妹から聞かされたとき、林さんは「寝ぼけたんだろう」と初めのうちは笑っていた。しかし途中で、自分たちが生まれる前に死んだ叔母の名前が和子だったことを思い出した。そしてふと気づくと、妹のベッドの周りがびっしょり濡れていたので、やっぱり、水死した叔母が肉親を訪ねてきたのだと考え直したのだという。

滋賀県と宮崎県は遠く離れているけれど、湖と海には水という共通点があるから、血縁者同士を水が繋いでくれたんだろうか、と、林さんは語った。

山の二人連れ

東京都在住の内藤重行《ないとうしげゆき》さんは大学生の頃、山登りが趣味だった。アルバイト先の先輩に山好きが三人いて、仲間に引き込んでくれたのだ。四人であちこちの山に登ったが、いちどだけ不可解なものに行き会って、あれから四〇年も経つ今となっても忘れられないのだという。

五月中旬の谷川岳での出来事だ。日によっては汗ばむ陽気になる皐月《さつき》の頃だが、谷川岳は未だ残雪を頂いていた。群馬県と新潟県の県境という豪雪地帯にそびえる標高一九七七メートルのこの山は、軽装備で登れるのは六月から一〇月上旬のみ。まだ五月では日によっては吹雪くときもある。

内藤さんは残雪登山が初めてだった。先輩たちに教えられて装備を整えて臨んだ。谷川岳では比較的、難易度が低いとされている西黒尾根《にしくろおね》ルートを選んで登頂を達成した。

幸い、晴天でありつつ足もとの雪はしっかりと締まって歩きやすいという、絶好の登山日和。一歩ごとにアイゼンが残雪を噛む感触が気持ちいい。

午後三時頃のことだ。天神平《てんじんだいら》から出る午後五時の最終ロープウェーに確実に間に合わせるために少しピッチをあげて下山していたところ、下から斜面を登ってくる二人連れがあった。

広い雪原をこちらに近づいてくるにつれ、彼らの姿形がはっきりと見えてきた。

先に立って歩いているのは、高貴な面差しをした六、七〇代の女性で、水色の着物を風になびかせ、額に白い鉢巻きをキリリと締めていた。もう一人は従者風の爺さまで、股引を穿いて鼠《ねずみ》色の着物を尻っ端《ぱしょ》折りにし、白髪を時代劇の町医者みたいな慈姑頭《くわいあたま》（総髪を後頭部で束ねたポニーテール）に結っている。どちらも杖をつき、荷物は爺さまがたすき掛けにした小さな風呂敷包だけ。

二人は厳しい顔つきで無言のまま、内藤さんたちから横に三メートルほど離れたところを、真っ直ぐに登っていった。

内藤さんと先輩たちは立ち止まって二人連れが豆粒のように小さくなるまで見送った。やがて我に返って急いで残りの山道を下りたが、ロープウェーに乗るまで、いつになく四人とも黙り込んでいた。

内藤さんは、天神平のロープウェー駅でベンチに腰を下ろしたときに、さっきの二人連れは変だったと気づいたという。

そこで、ロープウェーに乗り込むと、隣に並んで座っている先輩たちに話しかけた。

「あの二人連れ、おかしいですよね？」

するると先輩たちが急に活き活きしはじめた。

「そうそう！　そうなんだよ！　あの人たち、おかしかったよな？」

「うん。幽霊かな？　足はあったっけ？　何を履いてたかわかる？」

「わからん！　いやあ、全然不思議に感じなかったんだよなぁ！　そこが不思議！」

「そういえば挨拶を交わさなかったね。こっちからも挨拶しなかった。でも少しも変な感じはしなかった。僕たちが他の登山者に挨拶しなかったことなんてあるかい？」

「よく考えたら、今から登っても山小屋も閉まってるし、着物一枚で装備も何も無しにあそこまで雪の斜面を登ってこられるかどうか。無理だよ！」

谷川岳は、遭難死者が世界一多い山として二〇〇五年（平成一七年）にギネス認定されている。遭難者数は約八〇〇名に及び、「魔の山」「人喰い山」「死の山」と言われることもある。

また、「二つ耳（または「耳二ツ」「トマ・オキの二つ耳」）」という俗称もある。

これは、谷川岳が麓のある方角から眺めると二つの峰が猫の耳のように見え、一方がトマの耳、もう片方がオキの耳と呼ばれていることにちなむ。

その他に、かつて、トマの耳は薬師如来《やくしにょらい》が勧進されていたことから「薬師岳」、オキの耳は冨士浅間《ふじあさま》神社奥の院が祀られていたことから「谷川冨士」という名前で人々から親しまれていた時代もあった。

《中世後期から江戸時代にかけて、各山上に詣でる人が少なからずいたらしい》

――と、山に関する著作もある文芸評論家の高橋千劔破《たかはしちはや》氏が、論考『名山の文化史』で綴っている。

言い残したこと

小学校の一年生か二年生の頃の出来事だという。海野真由美《うみのまゆみ》さんは、そのとき栃木県にある母方の実家に泊まっていた。前の日に母方の祖父が亡くなって、お通夜と告別式のために連れてこられたのだった。

田舎の古い木造の家は、自分のうちと比べると、うんと広くて、部屋が幾つもある。

二階の客間に母と蒲団を並べて寝ていると、大きな家のどこかから乾いた咳や話し声が細く遠く低く伝わってきた。音が気になってまんじりともせず蒲団の中で起きていたら、亡くなったはずの祖父の足音まで聞こえてきた。

一段ごとに口から息を吐きながら、重い足取りで階段を上ってくる。踊り場の床板を軋ませたら一呼吸の休憩を挟んで、また……ほら……ミシミシと……あの足音は、おじいちゃん。

蒲団で擦れて生地が薄くなったような浴衣の上から綿入れを羽織った、喘息《ぜんそく》持ちのおじいちゃんの、いつも気配と足音だ。

寝たまま首を廻らせて壁掛け時計を確かめたら、午前二時だった。

――本当におじいちゃんなの？

海野さんは目をパッチリと開いて、客間の出入口を見つめた。やがて、一階の仏間で寝かされていたはずの祖父が引き戸を開けるようすもなく入ってきて、海野さんの枕もとに来て、屈みこんだ。

そして、孫娘に向けて、「マコをよろしくな」と柔らかな口調で話しかけた。

海野さんは祖父に返事をしたかったが、突然、意識が昏《くら》くなって、気づいたら夜が明けていた。

「おはよう。もう目が覚めた？」

振り向いたら、母も起きていた。「あのね、おじいちゃんがね……」と海野さんは夜あったことを息せき切って母に伝えた。すると母は驚いて、こんな話をした。

「私のところにも、午前二時ちょうどに来たのよ。でも台詞《せりふ》が違う。私は『おまえはまだ来るんじゃない！』と厳しく諭されたの。まだ死ぬなってことね」

海野さんの母は祖父から「マコ」と呼ばれてとても可愛がられていたが、祖父と同じく喘息の持病があった。「祖父は心配したのでしょう」と海野さんは話を結んだ。

お稲荷さまと龍神さま

四三、四年も前のことだが、海野真由美さんは母の実家がある栃木県で土砂崩れに遭いかけた。その出来事を海野さんはこう語る。

——物心ついた頃から思春期に差し掛かる前までは、母の田舎に行くたびに近所の子たちと山のお稲荷さんや防空壕でよく遊んでいました。

母の実家から表に出ると、畑や田んぼの向こうに小高い丘が見えました。この丘を、こら辺の人たちは皆〝山〟と呼んでいたんです。

山の麓に村の共同墓地があり、墓場のそばにお地蔵さんたちが並んでいて、そして、山の天辺には小さな稲荷《いなり》神社がありました。私の母が子どもの頃までは、このお稲荷さんで村のお祭りが開かれていたそうです。

私が行くようになってからは、もうそこではお祭りはやっていなくて、鳥居と祠があるだけの、誰もいない、寂しいお稲荷さんになっていました。祠の前に狐の石像が建っていて、中には瀬戸物の狐が幾つかあったと思います。祠に神さまがいるんだということは、なんとなくわかっていて、私たちは遊びに来ると、その度に、持っているオヤツを少し取り分けて、「お狐さん、一緒にたーべよ！」って、祠の前に置いていました。

もう一つのお気に入りの場所だった防空壕は、正確には防空壕の跡で、お稲荷さんから少しだけ山を下ったところに掘られていました。奥行のある横穴で、お稲荷さんで遊んでいて雨が降ってくると、ここに駆け込んで雨宿りをしながら遊びました。私たちは防空壕のことを〝秘密基地〟と呼んでいました。

五歳になったばかりの夏のその日、私たちはお稲荷さんで遊んでいました。私を入れて七人で缶蹴りをして……。

でも、しばらくしたら雷が鳴りだして雨も降ってきたので、いつものように秘密基地に避難したんですよ。中に駆け込んだときには、雨足は相当、強くなっていて、今で言うゲリラ豪雨みたいになっていました。だから雨がやむまでここにいようと話し合って……どのくらい経ったかわかりませんが、地面に棒きれや小石で絵を描いていたところ、ふと、奥の方に青白い火の玉が二つ、ユラユラしていることに気づきました。

呆気に取られて見ていたら、火の玉の真下に、牛若丸みたいな白い衣裳を着た私と同い

年ぐらいの男の子が二人、いきなりパッと現れて、

「ここは危ないよ」

「龍神さまが危ないって言ってるよ」

と、真剣な表情で口々に私に訴えかけるんです。

だけど、その子たちの格好がとても変わっていたので、最初はポカーンと眺めていました。

さっき牛若丸って言いましたけど、ずっと後に学校で習って、水干《すいかん》という平安時代や室町時代の着物を着ていたのだとわかりました。二人の男の子たちは真っ白な水干を身に着けて、おまけに耳が動物のようでした。白くて短い毛にみっしりと覆われていて、三角形で大きくて……なんとなく狐っぽかった。

怖い感じはしませんでした。ただ、だんだん必死なようすになってきて、

「逃げて！　みんなで早く逃げてよ！」

「龍神さまがこの山は危ないって教えてくれたから、急いで、急いで！」

こんなふうに、なんべんも繰り返すもんだから、私もついにハッとして、他の子たちに「ここは危ないってお狐さんたちが言ってるから、逃げよう！」と注意をうながしたんです。

でも、他の六人の子たちには二人の姿が見えないようでした。「え？　どこに？　なんにもいないよ！」って最初は笑われました。だけどその間も不思議な白装束の男の子たちは、「逃げて、逃げて」と騒いでいたから私は困ってしまって泣きそうになりながら、「言ってるもん！　そこにいるもん！」と頑張りました。

するとと七人の中で一番年かさの……たぶん一〇か一一くらいのお兄ちゃんが、「こんな小さい子が嘘をつくわけがないから、きっと本当にお稲荷さんが知らせに来たんだ」と他の子たちをたしなめてくれて、「山を下りて家に帰ろう」と言ってくれたんです。

そこで私たちは全員、秘密基地を出て、激しい雨のなか、山を駆け下りました。

山の麓のお地蔵さんや墓地のそばを走りぬけて、田んぼのあぜ道を列になって駆けていたときです。後ろの方で、ドーンと大きな音が鳴って地響きがしました。

龍神さまが言ってたことが起きたんだと思いましたよ。全員声を揃えてワアッと叫んで、そこからは七人とも猛ダッシュで……。

村の入口でてんでに分かれて、それぞれの家に駆けこんだはずです。そして、私だけじゃなくて、他の六人も、家に帰ってすぐに、秘密基地での出来事と大きな音がしたことを家族に話したようですね。

それから間もなく、七人の子どもたちの家族が電話で連絡を取り合ったりして、めいめいの家の親が申し合わせて、雨の中、お稲荷さんの山を見に行きました。

そうしたら山で土砂崩れが起きていた、と。

危ないので、親たちは山の中までは入れませんでした。その後で、消防署や役場の人たちが調べてみたら、私たちがいた秘密基地——防空壕の跡は完全に土砂に埋まっていたそうです。

だから、これはお稲荷さんに命を助けてもらった話です。子どもたちがしょっちゅう遊びにきて、いつもお菓子をお供えしてくれることが嬉しかったんでしょうね——


——以上が海野真由美さんの体験談だ。

インタビューでは、この他に、

「この後で、近くの川のほとりに龍神さまの祠があると母から聞いた。繊維会社の工場が出来たときに建てられたそうだ。繊維会社では川の水を利用するから、水の神さまとして龍神を祀ったようだ」

という情報も得られた。

これらを元に調べてみると、栃木県鹿沼《かぬま》市に、某繊維会社の工場および川と水神宮が実在した。その縁起も、繊維工場が川沿いに建設された際に、工場敷地に隣接する裏山の水神宮を工場内に分社して事業の守り神としたそうで、海野さんの逸話に状況が合致する。

水神宮は水神さまを祀った神社で、龍はしばしば水神の神使あるいは神そのものとされている。

さらに調査を進めたところ、繊維工場から二五〇〜三〇〇メートル東の小高い台地の上に稲荷神社を見つけた。水神宮もこの稲荷神社も、ここにお社の名と所在地を明かせないのは残念だが、ヒントを散りばめたので、興味がある方は探してみては？

最後に、間一髪で海野さんたちが逃れた土砂崩れと豪雨について。

お話と時期が一致する一九七四年（昭和四九年）八月二六日から九月九日にかけて、栃木県全域で台風および豪雨による土砂災害などの被害が出たということだ。

魚の首を刎ねる（父の死①）

高橋康雄《たかはしやすお》さんは二一歳のとき父を亡くした。享年六一。まだ髪も黒々として、愛人に生ませた隠し子のことで母と修羅場になってから何年も経っていなかった。

家は北海道にあり、父は長年、道内の中学校で技術科教師をしていたが、一年前に定年退職してからは、晴れた日には家の修繕や庭いじりに精を出し、雨が降ると日がな一日寝転がって天井を眺めるといった、怠惰なのか勤勉なのかよくわからない生活を送っていた。

一〇月のある日、母が外で用事を済ませて帰宅したら、父は畳の上ですでに事切れていた。

心筋梗塞《しんきんこうそく》だったという。

その頃、高橋さんは東京の大学へ進学し、都内のアパートに下宿していた。母から連絡を受けて北海道に急いで帰り、通夜や葬式が済んだあとも一週間あまり実家にいた。

葬式があった晩、二階で寝ていると、天井からバリッ、ミシッと、音がした。

このうちはトタン屋根だから、屋根の音が部屋に伝わりやすいのだ。

カラスが歩けばトントントンと軽い音が聞こえてくるし、人が乗ればバリバリミシミシと、トタンが割れやしないかと心配になるような派手な音が鳴った。

生前の父はよく屋根に登って、悪い所はないか点検していた。そのときの足音が、ちょうどこんな感じだった。

バリッ、ミシッ、バリバリッ、ミシミシッ……。

父の霊が屋根を歩いているのだろうかと想像したら鳥肌が立ってきて、音はまだ止んでいなかったが、その夜は蒲団を頭まで被って、どうにか寝てしまった。

翌朝、庭に出てみたら、二〇匹近くいた池の魚が、一匹残らず池の外で死んでいた。

ただ飛び出して死んだのではない。

鯉もフナも、大小関係なく、全部、鋭利な刃物で首を切り落とされていた。

切り口は美しい平面で、試しに同じ魚の頭と胴とをくっつけたら、吸いつくように合わさった。

そこで、床屋が使う大きな剃刀や日本刀を思い浮かべながら庭をくまなく歩いてみたが、それらしい刃物は落ちておらず、ただ、日陰にはびこっていた毒キノコが踏みつぶされて、父の作業靴の足跡が地面に残っていた。

近所の奥さんたち（父の死②）

高橋康雄さんの父が死んで、葬儀から二日後の夜、七時か八時頃に、前触れもなく玄関を開けて人が飛び込んできた。今から三九年前の北海道の田舎はどこもそんなもので、玄関に鍵を掛けていなかったが、騒々しく物音を立てて来たから驚いた。

大急ぎで駆けつける……と、母も小走りに出てきて玄関で合流した。

すると玄関の上り口に両手をついて、顔見知りの奥さんがヘタり込んでいた。

「どうしたんですか？」

奥さんは、血の気を失った幽霊みたいな顔を上げて、高橋さん母子を交互に見た。

「銭湯に行くべとしたら、お宅のお父さんが空からスーッと降りてきて、とうせんぼしたのよ！　慌てて左によけると左に、右に逃げるべとすると右に回り込んできて、どうしてもお風呂に行かせてもらえない！」

そう訴えてオイオイ泣くので、母が肩を抱いて慰めながら、銭湯まで送り届けた。

高橋さんは、父があの奥さんのことを気に入っていたことを知っていたので、なんとも複雑な心境になった。父は浮気癖が治らない好き者で、生前ずいぶん母を苦しめた。

明くる日になって、今度は、別の近所の奥さんから母に電話が掛かってきた。

どうでもいい世間話で母を引き留めているようすだ。高橋さんが電話している母の声に聞き耳を立てていたら、おりんの音が仏壇から鳴り響いた。

チ――――――――――ン!!

……やけに長く引っ張るおりんの音だった。

母が電話で奥さんに、「今、りんが鳴ったね？」と言って、あとは簡単にひと言かふた言、話しただけで受話器を置いた。

「電話の向こうにまでおりんが聞こえたみたいで、ちょっと怖がってたよ」

「長話してるから、早く切ってしまえと言いたかったんじゃない？」

父は、さっきの奥さんのことは普段からとても嫌っていたのだ。

妻（父の死③）

高橋康雄さんは父の葬式から約一週間して、北海道の実家から東京の下宿に戻った。母を独りで残していくのは普通なら気がかりなものかもしれない。しかし父がとんだ浮気者で、しかも大酒飲みであり、去年、中学校の技術科教師を定年退職してから、始終、家でぐうたらしていたことを知っていたので、むしろ父の生前より安心なほどだった。

母も、落ち込む気配もなく、見ようによっては、やや楽し気に、夫の死から後の数日間を過ごしていた。そんな母を見ていたから、高橋さんは何ら不安なく帰京したのだが。

「ねえ、聞いて。昨日の夜、お父さんが蒲団の上から乗っかってきたのよ。供養してやったのに何のつもりだべ？　腹立ったから叱ってやったわ！」

北海道を発ってから三日も経たず、母が下宿に電話をかけてきて、こう訴えたのである。

二階で母が寝ているとお気に入りのスリッパを履いた父が階段を上がってきて、部屋に入り、足もとの方からのしかかってきたそうだ。

「なんなのあんた！　ちゃんと葬式を出してお線香もあげてやってるのに、なんで出てくるの！」

と、気丈な母が叱りつけると、父はフッと宙に浮きあがり、すぐにパタパタと階段を下りていった——。

これを聞いて、高橋さんは、生きているときと父が少しも変っていないので呆れてしまったのだという。昔から父は母に叱られると反論も言い訳もせず、ただちに逃げていた。死んでもやはり父は母が怖いのだろう……。

その後もしばらくの間、父の幽霊は母の前に現れた。よく出たのは玄関で、帰宅して靴を脱いでいるシルエットを高橋さんの母は何度も目撃した。父が勤務先から寄り道せずに帰宅すると夕方の五時すぎに家に着いたが、出没するのも毎回その時刻だった。

赤い吊りスカートの子

――このタイトルから『ちびまる子ちゃん』を思い浮かべた方が多いかもしれない。さくらももこさんが生んだキャラクター・ちびまる子ちゃんはあまりにも有名だ。

また、赤い吊りスカートなんて昨今の現実社会では滅多に見かけない。だからキティちゃんの赤いリボンのように、あの傑作キャラクターのトレードマークとしてのみ存在しているかのように感じられたとしても無理からぬことだと思う。

しかし赤い吊りスカートがポピュラーな少女服だった時代は実際にあり、かく言う私も着せられていた。一九六五年生まれのさくらももこさんがご自身の少女時代を投影したのが『ちびまる子ちゃん』だそうだから、記憶に残るリアルな衣服として作品の中に描き込まれたのではないか。

ウィキペディアの〝吊りスカート〟のページには「戦後吊りスカートは、主に子供服のカテゴリに採用され、学校の制服を中心に全国で見られるようになった」との記述がある。

だいたい合っているが、私が憶えている限りでは、昭和四〇年代には、吊り、すなわちサスペンダー付きのプリーツスカートを普段着にしている女の子も多かった。

そう、昭和四〇年代には。

あの頃から、もう半世紀も経つ。此の世はめまぐるしく変化しつづけ、人は誰しも過去をどんどん忘れてしまう。でも、幽霊は？

河井百合《かわいゆり》さんは中学校二年生のとき、林間学校で山梨県の西湖《さいこ》に行った。

二泊三日のコースで、滞在する民宿村は林間学校の学生を受け容れることに慣れており、村人による各種の自然教室やハイキングの指導も計画されていた。往路のバスではバスガイドが村の歴史を紹介した。それは、このような話だった。

——今から一七年前の昭和四一年に、台風の豪雨により発生した土石流で、西湖湖畔一帯が壊滅的な被害をこうむった。これから行く所は、被災した集落の人々が興《おこ》した村で、その集落では、約四〇軒のうち土砂崩れで流されなかったのはたった三軒、約二〇〇人の住民のうち六三人も亡くなった。元の場所に住めなくなったため、青木ヶ原樹海《あおきがはらじゅかい》の一部を借りて集団移住し、苦労の末に、民宿村として蘇ったのだ——。

これを聞いて、河井さんは少し怖くなってしまった。青木ヶ原樹海を切り拓いて造った村に泊まるなんて聞いていなかった、と、少し恨めしく思った。

河井さんは「青木ヶ原樹海といえば自殺の名所で、幽霊が出るところ」と信じ込んでいた。

小学生の頃から、テレビ番組の人気コーナー『怪奇特集！　あなたの知らない世界』の大ファンだったせいかもしれない。青木ヶ原樹海で自殺する人が多いことも知っていた。樹海を自殺の場として広く知らしめたと言われている松本清張《まつもとせいちょう》の小説『波の塔』の初出は一九五九年の週刊誌『女性自身』、単行本が発売されたのが一九六〇年で同年に映画化、その後も六〇年代から八〇年代まで何度もテレビドラマ化されている。

ちなみに私が調べたところでは、河井さんの林間学校に先立つ一九七七年に『富士山99の謎――魔の樹海から化石湖まで』（春田俊郎《はるたとしお》著）という、好奇心旺盛な中学生なら手に取ってもおかしくないような、気軽な読み物ふうの本も発売されていた。

河井さんたちが泊まることになったのは、二階建ての民宿だった。再建された村の建物だから築年数は浅い。ここにいる間、男子は全員まとまって大広間に、女子は一班七人の班ごとに三部屋に分かれて泊まることになった。この宿は、食堂や大浴場などの共有スペースは一階に、宿泊室はすべて二階にまとまっていた。

河井さんの班が割り振られた部屋は、最近になって後から増築したようで、とても新しくて綺麗だった。そのうえトイレや廊下の洗面台に近くて便利、大きな窓が二つもある広い角部屋で、一方の窓からは西湖が見える。みんな喜んでいたが、河井さんはもう片方の窓が樹海に近々と面しているのが気になった。

「これ、樹海だよね？　こっち側で寝るのはイヤだなぁ」と河井さんが不安そうにしていると、この班の中でいちばん仲の良かった前田さんが、「ユリ（河井さんのこと）がそう言うなら、じゃんけんで蒲団を敷く場所決めよ！」と提案した。

ところが河井さんはじゃんけんに負けて、樹海側に寝ることになってしまった。

この日は、夕食のカレーライスを生徒全員で作り、食後に肝試しをした。民宿の前からスタートし、懐中電灯を頼りにひと班ごとに固まって夜道を歩き、村にある廃校の昇降口が終点だ。あらかじめ絵地図でルートが示されていて、道の要所々々とゴールには先生が立っている。

都会っ子の河井さんたちには田舎の暗闇が新鮮だった。灯りのついた建物から少し離れると、途端に黒いゼリーのような濃密な闇に全身を包まれる。空を見上げると満天の星が瞬き、目が暗さに慣れるに従い、月に照らされた自分たちのおぼろげな影が地面に映っているのがわかってくる。

終点の廃校の少し手前で、河井さんはお地蔵さんを発見した。道端に佇む、三〇センチほどの簡素な石地蔵で、綺麗に手入れがされ、花が手向けられていた。いつもなら素通りしてしまうのだが、昼間にバスガイドから一七年前の土砂災害の話を聞いたせいで、なんとなく厳粛な心持ちになった。

「みんな、ちょっと待って。せっかく会ったから、私、このお地蔵さんに挨拶する！　……これから二泊三日、この村にお世話になります。よろしくお願い致します」

お地蔵さんの前にしゃがみこんで両手を合わせた。班の仲間も神妙な顔をしていたが、祈ったのは河井さんだけだった。

「ユリ、行こう！　次の班に追いつかれちゃうよ！」

そこからゴールの廃校までは、ほんの少しの距離だった。すぐに、古い木造校舎の前に懐中電灯を点けて立っている先生の姿が見えた。先生や班の仲間がいるお陰であまり怖くなかったが、ずっと使われていない校舎の建物はとても不気味に感じられた。

（この廃校は、旧足和田村立西浜小学校の分校だったと推測される。昭和四一年の災害を機に本校に統合されて廃校となった建物だ。被災後に集落は移転したとされているが、新旧の地図を照合してみると、村が移動した距離は僅かで、元の集落の土地に端を接していることがわかる。河井さんたちが訪れた頃は放置されていた分校の校舎は、後年、大規模な改修工事を経て、現在は某環境NPO法人の活動拠点として利用されている)

その夜は、就寝前に枕投げをして遊んだせいもあり、みんな寝つきがよかった。河井さんも、蒲団に入るとたちまちウトウトとなった。

河井さんは寝る前に、自分のすぐ横の——樹海側の——窓を閉めていた。なぜかカーテンが無かったのでガラス窓を閉めても黒々とした森のシルエットは見えてしまうが、夜の樹海から風が入ってくるよりはマシだと考えたのだが。

……コンコンコン……コンコンコン！

ガラスを叩く音で目を覚まし、見ると、窓の外に赤い吊りスカートの女の子が浮かんでいた。ここは二階で、女の子の足の下には何も無かった。

この子が宙に浮いているとわかると同時に、河井さんは、これは夢なのだと思った。班のみんなを起こさないように静かに窓を開けると、女の子が口を開いた。

「中に入れて。遊ぼうよ」

見れば、なかなか可愛らしい子だった。小学校の一年生くらいだろうか。前髪を切り揃えたおかっぱ頭が目鼻立ちのはっきりした丸顔によく似合っている。靴を履いておらず、元は白かったと思しき三つ折りソックスが泥まみれなのがちょっと気になったが、

「いいよ。入りな」

河井さんは女の子を招じ入れた。女の子はふわりと飛んで河井さんのそばに着地した。

「お姉ちゃん、追いかけっこしよう。私が鬼になるから、つかまえて！」

「ようし！　じゃあ、一、二、三で逃げてね！　一、二の、三！」

キャッキャとはしゃいで女の子が駆けだした。猿のように身ごなしが敏捷で、足も速い。あっちこっちと逃げながら、引き戸を開けて廊下に飛び出し、大広間の襖を叩きつけるように開いた。

「やめて！　そこは男子の部屋なのよ！」

河井さんが慌てると、振り向いてニヤリと笑顔になり、返事をせずに部屋に駆け込み、

そこにいた大柄な男子の腹の上で飛び跳ねだした。

「やめてよ！　あっ、これ、柔道部の鈴木くんじゃない！　怒らせたら怖いよ？」

　女の子は河井さんを無視してトランポリンでもするように跳ねている。どういうわけか鈴木くんはスヤスヤと眠ったままだが、河井さんは見るに見かねて、女の子を抱きかかえて止めさせた。

　女の子は不服そうにして、河井さんの腕から逃れ、廊下に走っていくと、今度は洗面台にある水栓の蛇口を片っ端から開けてしまった。五つ並んだ水栓全部から出た水が、一斉にステンレスの洗面台を打つ音ときたら凄まじい騒音で、

「先生に叱られるよ！　もういい加減にして！」

　河井さんは急いで蛇口の水を止めにかかったが、止めるそばから女の子が開けていくので、「コラ！」と叱った。すると女の子はケラケラ笑いながら逃げていった。

「待てい！　この悪戯っ子めぇ！」

　――こうして延々と追いかけっこをしていたが、やがてどこかから小鳥のさえずりが聞こえてきた。窓の外に水色の薄日が差していることに河井さんは気がついた。

「あたし、帰らなくちゃ」

女の子が残念そうにつぶやいて、河井さんの顔を見た。にわかに可哀そうな気がしてきて、慰めるつもりで笑顔になり、

「そう。じゃあ、またね！」

窓から帰るなら見送るつもりだったが、河井さんが言い終わる前に女の子の姿はテレビを消すときのようにプツッと消えた。

河井さんは窓を閉めて、自分の蒲団に戻って寝た。

翌日の夜も、同じ女の子が訪ねてきた。窓ガラスをコンコンと叩いて来たことを知らせ、招き入れるとスーッと飛んできて河井さんのそばに降り立つ。

赤い吊りスカートも汚れた三つ折りソックスも、昨夜と寸分たがわない。

二人は再び追いかけっこをした。女の子が鬼になるのも、なかなか捕まえられないのも、前回と同じだったが、最後だけは違っていた。

女の子が、「明日も遊んでくれる？」と河井さんに訊ねたのだ。

「明日は帰るからなぁ」

河井さんはこのとき、この女の子はきっと幽霊なのだろうと考えていた。

——肝試しで見た廃校に通っていた女の子の幽霊なんだ。きっと土砂崩れで死んじゃって、こうやって幽霊になって出てきているんだ——と。

幽霊も夢の中だと思えば怖くない。

「帰っちゃうの?」と女の子はとても寂しそうな表情をした。河井さんは同情して、なんとかしてあげられないかしらと考えた。

「そうだね……お姉ちゃんも死んだら、ずっと一緒に遊べるんだけどねぇ……」

まさか本気でそうしたかったわけではなく、思いつきを口にしただけだったが。


「じゃあ、死んじゃえばいいんだ!」


地の底から響くような声で怒鳴《どな》られたかと思うと、声をあげる間もなく女の子の腕からのびた両手に首を掴まれた。

喉に左右の親指が喰い込み、ギリギリと絞めあげてくる。

しかし、その親指の太いこと。掌の大きなこと。

いつ変化したのか、女の子の手首から先だけ、骨太で厚みのある、大人の男の両手になっていた。河井さんは必死で逃れようとしてもがいたが、暴れれば暴れるほど強く首を絞められて、たちまち意識が遠のいた。

「ユリ？　ユリ！　しっかりして！」

目を開けると、仲良しの前田さんが心配そうに覗き込んでいた。

「どうしたの？　凄くうなされて、もがいてたよ」

「やあ、今、首を絞められた夢を見ちゃってさぁ」

河井さんは夢の話を前田さんに打ち明けるつもりで、すっかり目が覚めてしまったこともあって、蒲団の上に起きあがった。

ところが、その途端、前田さんの顔色がさっと変わり、

「わ、私は何にも見てないからね！　もう一回、寝る！　おやすみ！」

叩きつけるように言って、蒲団に潜ってしまった。

わけがわからない。河井さんは困惑したが、いくら話しかけても前田さんは頑として蒲団から顔を出さず、返事もしなかった。

目覚まし時計で時刻を確認すると、まだ朝の五時前だった。起きるには少し早いが、も

う眠れそうな気がしない。そう思ったら尿意を覚えた。

トイレで用を済ませて、ついでに顔も洗おうと、洗面台の前に立った。いつもの習慣で

特に何も意識することなく鏡を見たら、前田さんが慄《おのの》いた理由がわかった。

首筋に、くっきりと赤黒く、手の跡が捺されていたのだ。

それから五年後、中学校の同窓会が開かれた。小中学校の同窓会はやらないところが多い。河井さんの場合も、後にも先にも、中学の同窓会は、この一回きりだった。

仲良しの前田さんや柔道部にいた大柄な男子も参加していた。昔話に花を咲かせるうち、いつしか林間学校の思い出が話題に上った。河井さんは怖い記憶を蘇らせたくなくて聞き役に回っていたのだが……。

「あの民宿に泊まってたとき、夜中に枕もとで追いかけっこしてたやつらがいただろ？」

「そうそう！　いたいた！　襖をダーンッてデカい音たてて開けたり閉めたり……」

「俺なんか！」と元柔道部の鈴木くんが言った。「お腹の上で飛び跳ねられたんだぞ！」

「さすがにそれは夢だろう！」

ドッと笑い声があがったが、河井さんは笑えなかった。彫像と化して立ちすくんでいた

ら、前田さんが話しかけてきた。
「夢だったのかなぁ？　ユリもあのとき首を絞められてたよね？　私、見たもの。首に絞められた跡が本当に出来てたの、この目で確かに見たんだから、夢じゃないよね？」

――河井さんの体験談は以上だ。

インタビューを終えてから彼女とは三〇分ばかり雑談をした。

そのうち、彼女の現在に話題が及んだ。

独身で、キャンプ場のスタッフとして働いているという。テントやキャンプ用品の貸出し業務と管理のほか、利用客の質問や要望に応えるサービスも担っている。

「どちらのキャンプ場なんですか？」と私は何気なく訊ねた。

「山梨県の●●●●●町の○○○○○です」

私はギョッとして、目の前にあったパソコンで急いで地図を呼び出して検索ボックスに河井さんが言った固有名詞を打ち込んだ。

やはり、例の民宿村に隣接していると言っていい場所が指し示された。

「そこに通勤されているんですか？」

「いいえ。こちらに住んでいます。そうじゃないと、対応できないことも多いので。深夜や早朝に管理室に駆け込んでくるお客さんもいますから。つい最近も、幽霊がテントに入り込んだと夜中に騒がれる方がいらっしゃったから、気のせいですよと言ってごまかしました」

「本当は〝出る〟んですか？」

河井さんは電話の向こうで明るい笑い声を立てた。

「ちびまる子ふうの女の子の幽霊でしたか？　と訊いたら、その方、なんでわかったのって驚かれてましたよ！　赤い吊りスカートの子がテントの周りを走りまわったと話してくれた別のお客さんもいました。……座敷童《ざしきわらし》みたいなものかもしれませんよね？」

私は「そうですね」と応えたが、少し上の空だったかもしれない。

頭を占めていたのは、「偶然にしては出来すぎだろう？」という大きな疑問だ。

河井さんは、今の職場に〝呼ばれた〟とは考えていないようだ。

なぜ、〝呼ばれた〟と思わずにいられるのだろう？　彼女が全く意識せず「ちびまる子ふうの」などと言って笑っているという事実こそが、私には何やら恐ろしく、今、彼女の明るい笑い声を思い出しただけでも鳥肌が立ってしまうほどなのだが。

女の子は「明日も遊んでくれる?」と河井さんに訊ねた。希望を叶えたわけである。

磯遊び

昭和三八年（一九六三年）頃の北海道での出来事。

当時五歳だった佐々木博《ささきひろし》さんは、よく晴れた五月のある日、母と海岸を訪れた。そこは自宅から子どもの足でも一〇分とかからないところの海水浴場だったが、まだ泳げる時期ではないから、砂浜には佐々木さん親子以外、誰もいない。

まるで貸し切ったような砂浜に持ってきた茣蓙《ござ》を敷いて座り、母がこしらえた弁当を分け合って食べた。黄色い卵焼きが美味かった。他にはこれと言って華やかな副菜がない、質素な弁当だった。父は若い教員で、佐々木家の暮らしぶりはつましかった。

たちまち食べ終わって、佐々木さんが海岸の潮だまりで遊んでいると、海を泳いでいる人が目に入った。

「まだ水がしゃっこいから、漬けるのは手だけにしなさい」と母に注意されたばかりだったし、その日は暑かったのでうらやましくなり、佐々木さんはその人をじっと見つめた。

まだ水がしゃっこいのにあの人は泳げて、いいなぁ……と。

しかし、よく見たら、その人のようすが変だった。

顔が普通の人の三倍くらいの大きさでペッタリと白い。それだけでも奇妙だが、大きなクロールの手さばきをして、佐々木さんの方へ、つまり岸に向かって泳いでいるようなのに、次第にゆっくりと遠ざかってゆくようだった。

引き潮に流されているわけでもなく、前に向かって泳ぐ動作を続けているのに、だんだん、だんだん、沖の方へ遠のいて、姿が小さくなっていくのだ。長い黒髪を真ん中分けにして、薄笑いを浮かべながら……。

髪が長いから女の人だ。最初はそう思ったけれど、眺めているうちに自信がなくなった。

あれはいったい何だろう?

不安になって母の方を振り向くと、母はぼんやりと海を眺めていた。何も気がついていないようだった。母に言おうか言うまいか、少し迷っているうちに、あれはうんと沖へ遠のいて、見えなくなってしまった。

剱崎の怪

佐々木博さんが大学二年生の夏休みのことだ。バンド仲間の一人がホンダのシビックを買ったので、一九か二〇歳の男ばかり四人で深夜に集まり、東京から三浦半島の剱崎《つるぎざき》まで、ドライブがてら肝試しに行くことになった。

その頃、若者の間で心霊スポット探検が流行っていたのだ。目的地を剱崎にした理由は、そこに世にも恐ろしい廃寺があるという情報を四人のうちの誰かが仕入れてきたからだ。

到着したのは夜の九時過ぎだった。遠い暗闇にほの白く、鳥居がポツンと見えた。

問題の廃寺は毘沙門天《びしゃもんてん》を祀っていたそうだが、神仏習合の寺院だったのだろう。鳥居の方に出来るだけ近づいて駐車した。

辺りは田畑と雑木林がまだらになったようなところだ。人工の灯りは見当たらず、先頭のやつが持っている一本の懐中電灯と月明かりを頼りにあぜ道を進んだ。

「おい、あれは何だ?」

懐中電灯が道の脇をサッと照らした。そこに小さな物置小屋があった。トタンを継いで作ったような粗末な建物で、赤錆だらけのバラ線で壁をぐるぐる巻きにされている。近づいてみると、壁の四隅、トタン板の合わせ目に、太いところで五ミリほど隙間があり、そこからチラチラと赤い光が漏れていた。

小屋の中で火が燃えているようだと思った。隙間を覗き込むと、内部は赤々とした炎の色で満たされていた。安全のために消火した方がいいと考えたが、小屋のドアはバラ線があるため開けることが叶わず、窓も見当たらなかった。

そのうち、中で火が燃えているにしては、接近しても温度の変化を感じないことに気がついた。そこで佐々木さんがおっかなびっくり壁に触ってみると、やはり全然熱くない。ここにいても小屋を眺めていることしか出来ないので、四人は再び歩きだした。

いつの間にか、佐々木さんが先頭になっていた。細い道を縦一列になって進む。

道の両脇は田んぼで稲が育ち、蛙が盛んに鳴いている。鳥居はまだ先だ。だいぶ歩いたと思うのに、最初と比べて近づけたような気がしない。思っていたより大きな鳥居だったのだろうか。

そんなことを考えつつ歩を進めていたら、右手の田んぼから「ポン！」と威勢よく竹鉄砲を発射したような音がした。

驚いて懐中電灯ごと振り向くと、音がした辺りに濃密な白い煙の塊が生じたところだった。それがみるみる膨れあがりながら長くなり、あっという間に高さ二メートルを超える人型になりながら、こっちに向かって、頭らしき方から前のめりに斜めに伸びてくる。

「あっ！　いかん！　逃げろ！」

佐々木さんが叫ぶと同時に全員、Uターンして一目散に走って逃げた。

停めておいたシビックに辿りつくまで生きた心地もしなかった。ぜいぜいと息を切らしながら車の持ち主が運転席に駆け寄ったので、佐々木さんは急いで懐中電灯でドアを照らしてやった。

「早く、早く！　さっきのが来ちゃう！」

「よし、開いたぞ！　……ええっ？　わっ！　わわわわわっ！」

悲鳴をあげて尻もちをついているやつの後ろで、佐々木さんも思わず懐中電灯を取り落としてガタガタ震えていた。

運転席のドアの内張が、鋭い爪を有した巨大な何者の手によって、滅茶苦茶に引き裂かれていたのだ。

かれこれ四〇年前の出来事である。

背が高い女

コンピュータ関連の職場に勤めている派遣社員の田中市郎さんは、恋人が家に泊まりに来るようになってから、怪しい女の影に悩まされるようになった。

恋人はこれと言って変わったところのない女性だ。ただ、彼女と一緒にベッドで休んでいると、寝室の壁に影がニューッと立ちあがる。

床に屈んだ姿勢から、回転しながらゆっくりと起きあがるそれは、どう見ても長い髪を振り乱した女の影である。

等身大の影が壁に貼りついているだけで、襲ってくるわけではないが、恋人は気味悪がって、だんだん部屋に来てくれなくなった。

影は頻繁に現れるようになり、田中さんも会社に泊まり込むことが多くなった。

けれども、たまには着替えを取りに戻らなければならないし、ずっと空けていると、家のようすも気になってくる。仕方がないから週末ごとに帰宅することにした。

その土曜日も、久しぶりに自分のベッドで寝ていた。

最初は気持ちよく眠っていたのに、突然フッと目が覚めた。見れば、窓から入る街の灯りに仄かに照らされて、ベッドの横に女が立っている。

二つの膝小僧が、ちょうど田中さんの顔の高さにあったので、視線で下から順に、スカート、下腹、ウエスト……と、上へ上へ、女の姿を辿っていった。

しかし天井に近くなるに従って、暗闇に吸い込まれてしまって、女の顔がわからない。どうも、この女はとんでもなく背が高いようだと気がついた。

その後も怪しい女は、田中さんの部屋に何度も訪れている。これが原因で、恋人には振られてしまった。理不尽なことに、恋人と付き合いだしてから変なことが起こりはじめたのに、別れても女は出続ける。壁の人影に戻ってくれることもない。

女の服には見たことがない刺繍が施されていて、それに、とにかく背が高いので、外国人なのではないか、と、田中さんは真顔で言うのだが。

納骨の旅

逓信《テイシン》省告示第七百七十八號《ゴウ》

《本月十五日ヨリ南洋諸島中サイパン、トラック、ポナペ、クサイ、ヤルート、ヤップ、パラオ及《オヨビ》アンガウル島ニ於《オイ》テ左記普通事務ヲ開始ス》

——大正四年十月五日　逓信大臣　箕浦勝人《みのうらかつんど》

一、通常郵便物（外國郵便ヲ含ム）ノ引受
二、書留小包郵便（外國小包ヲ除ク）ノ引受
三、前記郵便物ノ交付
四、通常爲替《カワセ》及小爲替（外國爲替ヲ除ク）ノ振出
五、貯金ノ預入及振替貯金ノ拂込《フリコミ》
六、爲替及貯金ノ拂戻竝《ナラビ》拂渡局無指定ノ小爲替ノ拂渡
七、郵便切手類及収入印紙ノ賣捌《ウリサバキ》

（大蔵省印刷局［編］官報．1915年10月05日より）

宮城県出身の内藤重行《ないとうしげゆき》さんの伯父は、アンガウル島というパラオの離島で戦死した。戦前から、逓信省アンガウル局、つまりアンガウル島の郵便局で郵便局員として働いていたが、一九四四年の春から初夏にかけての頃に現地徴用された。そして同年九月から一〇月頃に起きた《アンガウル島の戦い》で亡くなったとして、終戦後二年もして、戦死広報（死亡告知書）と〝英霊に就《つい》ての御知らせ〟と題された遺骨に相当する物の案内文が宮城県の実家に届いた。

伯父は重行さんの父の兄で、祖父が亡くなっていたため、父が宮城県の家を継いだ。この家で、重行さんは五人きょうだいの末っ子として生まれた。母が四二歳のときの子で、上の三人とは歳が離れすぎていて一つ屋根の下に暮らしていた期間が短く、重行さんにとって「姉」と言えば両親の四番目の子である和子《かずこ》さんということになった。

重行さんが中二、和子さんが高一の頃のこと。伯父の戦友だったと名乗る男が家に訪ねてきた。戦後二〇年も経っていたが、辛くも生き延びて帰国してからこの方、折を見ては伯父の生家を探していたのだと男は語った。

彼によれば、重行さんの伯父は、亡くなる前夜、海岸に係留された戦闘艦の甲板に座って洋上の月を眺めていた。それが伯父を見た最後になった。伯父が乗船した戦闘艦が米軍の艦砲射撃を受けて、大炎上しながら沈没するさまを目撃した――。

これで、伯父の物語には新しいページが加わった。

伯父はアンガウル島の沖合で、乗っていた船が撃沈されて死んだのだ。

南洋に散った日本軍兵士の遺骨は無いのが通常で、伯父についても、戦死広報を貰った後に白木の骨箱が送られてきたが、中身は伯父の名を記した板切れ一枚だった。

祖母は涙ながらにこの話を重行さんと和子に聞かせて、伯父の墓の納骨室を開けて見せた。祖母の話したとおりに木の板が入っているだけであった。また、墓石には墓碑銘として、戦死によって二階級特進した階級が刻まれていた。《上等兵》と。

《第一四師団宇都宮歩兵第五九連隊アンガウル島第一大隊第三中隊二等兵》

それが死の瞬間の伯父の身分だったのだと、祖母は重行さんたちに話した。若くして日本を飛び出して、青い海に囲まれた南の小島でバナナやパンの実を食べながら、のんびり郵便局員をしていたのに、と。

兵隊に取られたとき、伯父はもう四〇近かったはずだ。南の島で郵便局員をしていた彼が否応なしに兵隊にさせられて、ほんの数ヶ月後に海の藻屑と消えた。遺されたのは、戦友が語った死の前夜に月を見ていたという逸話と、こんな粗末な板切れだけ。

――このとき感じた切なさと怒りが、後々、伯父を悼む不思議な旅へ自分を導くことになったのではないかと、インタビューの折に重行さんは私に述懐した。

一九七〇年、重行さんは都内の大学に進学し、上京するとすぐに靖国神社を訪ねた。伯父も祭神の一柱として靖国神社に合祀されていると父から聞かされていた。本殿を正式参拝したけれど、このことを誰にも話さなかった。

当時、宮城県の実家の辺りには町内限定の有線放送電話しかなく、家族と連絡を取る手段は手紙だけだった。

重行さんは筆まめではなかったので、夏休みに帰省した折に報告しようと考えたのだ。ところが母に奇妙な先手を打たれてしまった。

八月、帰ってきた重行さんの顔を見るなり、母が「伯父さんのお参りをしてぐれだんだね。靖国さ行ったんだべ」と話しかけてきたのだ。

「五月さ口寄せにががったら、『重行くんが近ぐに住むようになって、さっそぐお参りに来でぐれだ。嬉しかったがら、どうもど伝えでぐれ』ど伯父さんを降ろして話してぐれだんだ」

母は近所の口寄《くちよ》せ（いたこ）に通っていた。郷里の老人には珍しいことではなかった。五月に口寄せを頼んだとき、伯父の霊魂が降りてきて、口寄せの女性の声を借りて、四月に重行さんが靖国神社を参拝した礼を述べたのだという。

長い年月が過ぎた。五八歳になった重行さんは沖縄県を旅行した。祖母も両親もすでに亡く、世は平成、第二次大戦は遠い昔になり、口寄せを頼む時代でもない。

しかし、沖縄の糸満市にある平和祈念公園を訪れたとき、何の気なしに噴水広場に立ち寄って、噴水の円い水盤を覗き込んだ途端、水盤の底に記された「パラオ」の文字が目に飛び込んできた。

驚いて水盤を観察すると、沖縄を中心にして東南アジアの島々が底に描いてあるのだった。たまたま立った位置の真ん前にパラオ共和国が描き込まれており、重行さんに最も近い所にある小島は――アンガウル。

このとき、重行さんは伯父にはっきりと呼ばれているような気がした。

姉の和子さんの夫が、船坂弘《ふなさかひろし》が著した『滅尽争のなかの戦士たち　玉砕島パラオ・アンガウル』という本を読んだのもこの頃だ。和子さんも夫と一緒に読んで、巻末にアンガウル島第一大隊の名簿があり、そこに伯父の名前を発見すると、すぐに重行さんに知らせてきた。

そこでさっそく重行さんも同じ本を手に入れて読んだ。

《――アンガウル島は、周囲わずか四キロの可憐な島である》

《その位置は北緯七度、東経一三四度……》

《椰子《やし》の葉繁る南国の、夢のごとき島で、濃紺の絵具をとかしこんだような明るい海の色が太平洋の雄大な波濤《はとう》につづき、波動に照り映える陽光は七色に輝き……》

一読、眼前に青い太平洋が広がり、海路は伯父が没した場所に続いていた。

その後、重行さんと和子さんは、それぞれの伴侶を連れて、四人でパラオを訪ねた。

パラオはミクロネシア地域に散らばる大小の島からなる共和国だ。アンガウル島はそんな島々のうちでも南端の外れの方にある。

重行さんたち一行は、最初の計画ではパラオ国際空港（現・ロマン・トゥメトゥール国際空港）のあるバベルダオブ島まで空路で移動し、そこからペリリュー島を経由して船でアンガウル島に到着する予定だった。

バベルダオブ島から小型機でペリリュー島に行くまでは問題なかった。

ところが、到着直後に折からの悪天候により高波が発生し、島嶼間に強い海流が渦巻いていて、ペリリュー島から出航することは不可とされてしまったのだ。

そこで仕方なく、ペリリュー島の最南端にある《西太平洋戦没者の碑》を四人で訪ねて、日本から持参した宮城県産の日本酒とお菓子を供え、般若心経を声と心を一にして碑文の前で読経した。そのとき読んだ般若心経は、伯父さんに捧げてほしいと言って県内で暮らす八つ上の姉が写経してくれたものだった。

《西太平洋戦没者の碑》の慰霊碑の背後は海原で、沖合に島影があった。

あれが、アンガウル島だ――この場に来られなかった伯父の血縁者全員を代表して、重行さんと和子さんは島影を見つめながら、伯父の冥福を祈った。

帰国前日の深夜、重行さんと妻が泊まっていたホテルの部屋に電話のベルが鳴り響いた。妻が出ると無言で通話が切られた。

間違い電話かと思い妻がベッドに戻ってくる、と、再び電話がかかってきた。受話器を取って名前を訊ねたが、また切られてしまった。

なんとなく、伯父からのメッセージのような気がした。

翌日、空港に行くタクシーを一緒に待っているときに、和子さんに昨夜の電話のことを告げると、和子さんたち夫婦の部屋にも同じように二回、無言電話があったという。

和子さんたち夫婦はそれで終わりにせず、夫がホテルのフロントに電話について確認しに行った。その結果、電話の発信者はわからなかったが、ホテル内部の間違い電話やモーニングコールの設定ミスではないことが確かめられた。

和子さんも、伯父がメッセージを送ったのだと考えていた。

「私たちに感謝の気持ちを伝えたかったんだよ」

「でも骨は拾えなかった。遺品一つでもいいから、故郷に帰らせてあげたかったな……」

「だけど、重行さんは小石を拾ったじゃない？　あれはアンガウルの方から流れ着いた石だと思う。きっとそうだよ！」

重行さんたちは《西太平洋戦没者の碑》を訪ねた後に、慰霊碑近くの海岸を散策した。その際、重行さんは、一つの白い小石と目が合ったような気がして、咄嗟に拾っていた。

今、その小石は彼の伯父の墓で眠っている。

地下倉庫

島崎康子《しまざきやすこ》さんが今から二〇年ほど前まで勤めていた会社には、怪談話が幾つもあった。

靖国神社がすぐ近くにあったから、旧日本兵のせいにしたがる社員もいたが、島崎さんは絶対に違うと確信している。

と言うのも、会社の地下倉庫にひとりで行ったときに、そこで女のハイヒールの足音を聞いたので。

平日の昼間、手が空いたときに、五〇〇枚入りのコピー用紙のブロックを幾つか持ってきておこうと思いつき、倉庫がある地下二階にエレベーターで降りていった。

こんなのは日常業務とも呼べないような雑用で、しょっちゅうやっていることだった。

当然、地下倉庫にも何度も入ったことがある。

しかし、この日に限って、エレベーターの箱から出た途端、天井の隅から小さく何かが爆ぜるような、あるいは平らなものを叩き合わせるような音がした。

びっくりしたが、

——この社屋もけっこう古い建物だそうだから、気温や気圧の変化でどこかが軋んで音が鳴ったのだろう。

そんなふうに合理的に考えて、気にせず作業を始めた。台車を取ってきて、紙に包まれたコピー用紙のブロックを五、六個、載せる。この間は、何にもおかしなことは起きなかった。

だが、台車を押しながらエレベーターの方へ戻りかけたとき、

カッ！　カッカッカッカッカッカッカッカッカッ……。

前方の空中を、ハイヒール特有の硬い足音が駆けあがっていった。

目に見えない階段を、透明な女性が急いで上っていくようだったという。

モザイク球

以前の勤め先で、島崎康子さんはいくつか奇妙な噂や体験談を耳にした。いわゆる怪談の類で、最初はまったく信じず、取り合わなかったが、自分以外は誰もいない地下倉庫で怪しい足音を聞いてしまってから、他の人の怖い体験談を疑うのはやめ、むしろ積極的に怪談に加わるようになった。

あるとき、定年間近な常務役員さんとその手の話をする機会があった。

この人は、島崎さんが尊敬している立派な人物で、とても理知的な、ちょっと悪く言えばスクエアな性格だったから、怪談めいたことは嫌いだろうと思っていた。

ところが意外にそんなことはなくて、向こうから「このまえ、地下で何かあったそうだね？」と水を向けてきて、島崎さんの話に相槌を打ったと思ったら、

「私も、あのことがあってから、地下二階には行かないことにしているんだよ」

——質問しないわけにはいかないようなことを言うのだ。

「あのことって何ですか？」

「昔、あるとき階段を降りていったら、地下二階の踊り場に、一抱えもある大きなボール状のモザイクが浮いていた！　それは宙を漂いながらゆっくり下に降りていったんだが、階段の段々や手すりが透けて見えていたよ！」

「モザイクって、タイルのですか？」

「えっ？　ああ、違う違う！　一種のビデオの、その、なんだ。ハハハハハ！」

雑誌をペラペラ

二〇年前まで勤めていた会社には、旧日本兵の幽霊を思わせる怪談が多かったと島崎康子さんは語る。社屋のすぐ近くに靖国神社があるせいで、怪しいことがあると第二次大戦がらみの話にしたがる者が後を絶たないのだ——というのが彼女の考えだが、本当に兵隊の霊が現れたんじゃないかと思えるエピソードも中にはあったという。

夏のお盆の頃だというのに、休みも取らず、独りで残業していたある社員の話。

夜の九時頃、突然、進軍ラッパのような音が遠くから聞こえてきた。

靖国神社の方角から聞こえてきたようだと思い、席を立って窓の方へ行こうとした途端、カーテンが風に翻《ひるがえ》ったかのように大きく揺れた。

しかし窓は完全に閉じていた。

ありえないことが起きたので立ちすくんでいたら、次に、近くに置いてあった雑誌のページが、ペラペラと音を立てて捲られた。

ペラペラペラッ、ペラペラペラッと、目の前で何度も何度も雑誌のページが捲られて、まるで誰かが立ち読みしているような景色だが、そこには誰もいない。

「すぐに仕事をぶんなげて帰ったそうです。死ぬ思いだったと話していました」

「それは、そんなことがあったら怖いでしょうから。靖国神社が関係あるのかしら。それとも霊道？　この辺の土地の来歴を調べてみますね」

「はあ。でも、コンピュータのマシン・ルームがある会社だったので、電気が悪戯したのかもしれません。マシン・ルームなんて電気の塊みたいなものだし、普通のパソコンで作業していても、しばらくすると体が静電気を帯びてきますよ」

「では、島崎さんは、カーテンや雑誌のページが捲れたのは静電気のせいだとお考えなのですか？」

「いいえ。帯電している人には幽霊が近寄りやすいんじゃないでしょうか」

九段から富士見

東京都千代田区九段から富士見の辺りで有名な所と言ったら、靖国神社の名前が真っ先に挙げられるだろう。その他には、この辺りには、狭い地域のなかに一〇を超える教育施設がひしめいていることも、都民の間ではよく知られている。

九段の地名の由来は、千代田区観光協会では《江戸城吹上《ふきあげ》庭園の役人の官舎が坂の途中に九棟並んでいたからとも、江戸時代、急坂で九つの石段上の坂であったからともいわれています》と説明している。

江戸時代に描かれた葛飾北斎《かつしかほくさい》の「くだんう志がふち」と歌川廣重《うたがわひろしげ》の「飯田町・九段坂之図」を見ると、どちらの絵を見ても、急勾配の道沿いに石段が造られ、それぞれの段上の平らな土地に長屋が建っていることがわかる。この九つの石段は建物の土台となる土留めの石組みとして、江戸の宝永年間（一七〇四～一七〇九年）に造られたようだ。

富士見の名の由来は文字通り、この辺りから、かつては富士山が見えたからだという。今では高層ビル群にさえぎられてまったく見ることが出来ない。

さて、なぜ、私がこの辺の土地の来歴を調べはじめたかと言うと、靖国神社の北側、道路を挟んで面した辺りにかつてあった某企業の社屋で怪奇現象が多く見られたと語る体験者さんを取材したことに因る。

本当はそのビルを調べたいところだが、企業活動に支障が出ると下手をすれば訴訟を起こされて大変な目に遭いそうだから、直球を投げるのは控えている仕儀だ（情けない）。

では靖国神社はどうかというと、信ぴょう性が高い怪異目撃談はあまり聞かない。霊感が強い知人は、靖国神社の境内は浄化されていて幽霊はいないと話していた。参道で傷ついた兵隊の幽霊を見たという逸話もインターネットで採取できたけれど、体験者さんから直接、話を聞かないうちは何とも言えない。

ところが、お隣の学校には怪談の噂がとても多いようだ。実は、この件の発端となった体験者さんがいた会社のビルは、ある大学のキャンパスに隣接しているのだが、こちらの大学にまつわる奇怪な伝説には以下のようなものがある。

「兵隊が行進する足音のようなものが聞こえる。音のする方を見ても誰もいない」

「学生運動が盛んだった一九七〇年に、ここの地下室に連れ込まれて集団リンチされた挙句に殺害された大学生の泣き声が聞こえる」

「夜になると、学生会館の大ホールに顔半分が無惨に潰れた女性の幽霊が現れて、着物の袖で竹竿を磨く」

「学生会館の和室に、外人風の顔をした座敷童がいる。また、この建物内の鏡には血塗れの女が映る」


お化け屋敷さながらだが、七〇年にリンチ事件があった学生会館は十数年前に取り壊されて、現在は新しい建物に変わっているので、もうオバケの類は出ないかも。

なぜか学生会館に逸話が集中していた理由は、実際に惨たらしい殺人事件がそこで起きたからだろう。いわゆる事故物件や災害の被災地にも怪奇現象の目撃談が多い。過去の悲劇を記憶する人々が多い場所は、ほとんど必ず心霊スポットになってしまう。

……いや、そういうことではなく、やはりこの界隈には何か妖しい霊気が垂れこめているような気もする。

千代田区富士見といえば、『半七捕物帳』でお馴染みの作家・岡本綺堂《おかもときどう》の家も、富士見町一丁目の二合半坂の辺り（麹町元園町）に建っていたという。私も本の帯を書いていただいてお世話になっている東雅夫さんの『江戸東京怪談文学散歩』によれば、綺堂は三歳のときに家の近所で神隠しにあった（もちろん後で無事に出てきた）。また、岡本綺堂自身の著作「父の怪談」（『岡本綺堂読物選集・4』に収録）には、この家がそもそもお化けに取り憑かれていたような話が書かれている。

二合半坂の家は小さい旗本の古屋敷で、夕方、綺堂の父が読書をしていると障子の外で人の気配がしたが、障子を開けると誰もいない。また、夜中に綺堂の母が縁側で誰だかわからない者と擦れ違い、そのとき女の髪に触れてゾッとした――などということがあった後、火事で家が焼け、岡本家は転居を余儀なくされる。しかしすぐ近くに引っ越したため、前の家に来ていた酒屋の御用聞きが再びやってきて曰く、「妙なことを伺うようですが、以前のお屋敷には別に変わったことはありませんでしたか」。

聞けば、なんと旧宅の旗本屋敷は昔から有名な化物屋敷で、開かずの間があったところ、賃貸に出す前に、部屋の封印を解いてしまったということだった。

――このときパンドラの匣から飛び出した魑魅魍魎《ちみもうりょう》が、九段や富士見の辺りには、もしや未だに跋扈《ばっこ》しているのだろうか。

輪になった宇宙人

昔の話だが、一二、三歳の頃、母が懇意にしていて私も髪を切ってもらっていた美容師さんが、自分は宇宙から飛来したＵＦＯを再三目撃しているだけではなく「呼び寄せられる」と豪語したので、見せてほしいとお願いしたら、呼び寄せの儀式をしてくれた。

儀式と言っても、美容院が入っているビルの屋上で、両手を思い切り高く上げて心の中で「来い！」と念じるだけで、全然ＵＦＯが現れず、思春期の少女だった私は大人というものに大いに失望したのだった。

もしかすると当時は若い人たちの間でＵＦＯ召喚が流行っていたのかもしれない。大友《おおとも》克洋《かつひろ》が短編漫画「宇宙パトロール・シゲマ」の中で、宇宙パトロール隊員という正体を隠していた冴えない大学生に海辺でＵＦＯを召喚させている（両手を上げて「ベントラーベントラー」と叫ぶだけ）。

この作品の初出が一九七七年で、私が一〇歳の頃。

以下は、ちょうどその当時に北海道函館《はこだて》市にある男子校で寮生活を送っていた佐藤《さとう》　正《しょう》一《いち》さんの体験談だ。

佐藤さんは高校生のとき、親元を離れて学校で寮生活を送っていた。

夏休みは実家に帰省する生徒が大半だったが、高一の夏、佐藤さんは部活動に参加するため学園寮に留まった。部員の大半は通学生で、寮に残ったのは数人の先輩と佐藤さんだけ。

独りぼっちで過ごす時間がにわかに増え、学園寮の建物を探検したり、窓の外をぼんやり眺めたりして暇つぶしすることも多かった。

そんなある日のこと、夜の一二時頃にパンパンッと乾いた破裂音が校庭の方から聞こえてきた。

誰かが校庭で花火を上げているのだと思った佐藤さんは、急いで窓辺に駆け寄った。

校庭の右端に、輪になっている黒い人影を認めた。数えてみると七人いて、どの人も背が低い。円陣を作って全員がじっとしていて、なんだか奇妙な雰囲気だ。

と、思っていたら、彼らの輪の真ん中から鮮やかな緑色の花火が打ちあがった。

パン！　パンパンパン！　パンパパパパパン！

さっき聞いたのと同じ音だった。

見たことがない濃い真緑の火花が、一メートルほど打ちあがっては消え、また連続して打ちあがっては消え……モールス信号のように何かの規則にのっとっているのかどうかわからないが、立て続けに何発も火花を弾けさせたかと思うと、一発光ってその後二〇秒も沈黙した。そしてまた眩しく光って……。

なんとも幻想的な光景で、不思議な緑の火花は綺麗だったが、だんだんと佐藤さんは不自然な点に気がついてきた。

小柄な七人の円陣である。中の円は自ずと狭くなる。あんなに近くで火花が光っているのに、少しも彼らが照らし出されないのはいったいどういうことか？

それに、あの火花は白く輝いたり、消える間際に赤や青に変わったりという色彩の変化がない。最初から真緑色で、最後まで真緑色である。

さらには、一回も着火する仕草を確認できなかった。何しろ全員微動だにしないのだ。念力で火を着けているとしか思えない。

もっとも、深夜〇時に子どもが外で遊んでいるという時点で奇妙なわけだが。

内心首を傾げながら尚も眺めていると、走ってきた自動車が校庭の横を通り過ぎた。接近して離れていくまでの一、二秒の間、車のヘッドライトが輪になった人々を照らした。全員が黒い全身タイツを着用していた。そして誰もがツルツルの坊主刈りで、目鼻立ちが判然とせず男女の区別がつかず、体のサイズが同じだった。

そんな七人が、直立不動で花火を続けている……。

「う、うるさいぞ！　おまえら！」

たまらなくなった佐藤さんが窓を開けて怒鳴った途端、花火が消えた。

たっぷり一分間ほど、すべてが凝固したかのような沈黙の時があり、佐藤さんまで緊張のあまり身じろぎひとつせず彼らを見つめていた。

——突然、円陣が動いた。

円い陣形を崩さず、グラウンドの右端から左端まで移動した。その速度と、輪がまったく乱れないようすを見て、佐藤さんの受容能力は限界に達した。

彼は急いで窓を閉めてカーテンを引くと、震えながらベッドに潜り込んだ。

翌朝、起きると真っ先に窓から校庭を確認したが、昨夜の痕跡は何も無かった。あとで下りて行って地面を見ても、花火をした跡も発見できなかった。そして、合唱部の先輩たちは眠っていて何も見なかったと口を揃えて主張した。

佐藤さんは、彼ら七人は宇宙人だったと思っていると私に話した。

UFOは、英語のunidentified flying object（未確認飛行物体）の頭文字を取った言葉で、米空軍将校で航空工学の学士号を持つエドワード・J・ルッペルト大尉が率いるUFOの公式研究組織・プロジェクトブルーブックにより一九五二年に正式な軍事用語として定められた。

本来は未確認の飛行物体の総称で、宇宙人の乗り物だけを差すわけではないが、すでに一九世紀末にイギリスの作家、H・G・ウェルズが『水晶の卵』（『宇宙戦争』の前日譚）、『宇宙戦争』という空想科学小説を書いて世界的に大評判を取っていたことなどから、UFOには宇宙人が付き物のイメージが定着していき、日本も例外ではなかった。

そもそも日本には虚舟《うつろぶね》という、円盤っぽい乗り物に乗った異国人女性が海辺に漂着したという報告が江戸時代から全国各地に存在し、曲亭馬琴《きょくていばきん》が『虚舟の蛮女《ばんじょ》』という奇譚を執筆したほか、折口信夫《おりぐちしのぶ》や柳田國男《やなぎだくにお》といった民俗学者の研究対象ともなっていた。

宇宙から飛来した乗り物としてのUFOの概念が広まると、SF的な想像を膨らませる人が多数現れた。

私も虚舟の乗組員は宇宙人だったら面白いと思う一人だ。宇宙人は憧れの存在。

私も遭遇してみたいなぁ、宇宙人。

長い髪

本山誠太郎《もとやませいたろう》さんは中学生の頃、よく金縛りにあった。しかし幽霊などは信じない性質で、金縛りについても心因性か神経の異常による病的な症状の一種だと考えている。

ただ、一度だけ、普通ではない金縛りにあったことがあり、それに限っては本物の怪奇現象だったと信じている。


中三の春のことだった。その夜、本山さんは、いつものように遅くまで勉強していた。アパートの上の階から音楽が聴こえており、それもいつものことだった。上の部屋に住んでいる大学生は部屋にいる間中、眠るときを除いてずっと、好きな音楽を流している。最近はビートルズばかりだ。本山さんも母もビートルズは好きだったので、別に迷惑でもない。

当時、本山さんの両親は別居していた。

母は一人息子の本山さんを連れて家を出た。二人で住んでいるのは学生が下宿するような安いアパートで、事実、本山さんの知るかぎりでは他の住人はみんな大学生だった。

急に「レット・イット・ビー」が鳴りやんだ。静寂が満ちてゆくなか、本山さんは筆記用具を片づけはじめた。これまた毎晩のことで、上の大学生が寝る頃に自分も就寝することにしていたのだ。

ベッドに入り、ぼんやり天井を見上げながら、睡魔の訪れを待つ。

いつもなら幾らも絶たずに眠りに落ちてしまう。

ところがその夜に限っては、いきなり何かに強い力で両足を掴まれた。驚いたが声が出ないので、これまで何度か経験している金縛りだと思ったが、蒲団の下で足を掴まれたことは初めてだった。

掴むと言っても人間の手の感じではなく、何かが両足の付け根から下を包み込んで締めつけている。蛇に呑まれるカエルにでもなったようだ。

あっという間に太腿まで呑まれて、締めつけられながら、蒲団の中へ引き込まれた。

両手が動かせないので、なすすべがない。すでに顔の下半分、口もとまで蒲団の下に潜ってしまった。尚も下に引っ張られるので、恐怖のあまり目を閉じた。

——やめてくれ！　引っ張らないで！

そう念じた直後、頭の上の方から若い女の高笑いが降ってきた。

「アーッハッハッハッハァーッ！」

と、同時に、大量の長い髪の毛が、上から顔に被さってきた。蒲団から出ている鼻から上が、ひんやりと冷たい髪の感触に覆われる。

瑞々《みずみず》しくてしなやかな毛質から、女の毛だと思った。目を開けたら髪の毛の主が見えるだろうと予想して、ならば絶対に目を開けないと決めた。

髪の毛は、本山さんの顔を掃くようにしばらく揺れていたが、やがてスーッと上に退いていった。

やがて本山さんが恐々、目を開けてみると、部屋には自分以外、誰もいなかった。

異常な点は周囲には見当たらなかった。

ただ、なぜか勃起していた。困惑するばかりだったという。

半ズボンの男の子

基本的に幽霊の類は存在しないと考えている本山誠太郎さんだが、たまに彼の合理的精神を脅かす現象に遭遇してしまうのだという。

たとえば、こんなことがあった。

小学生の頃、学校の催しで夏休みにキャンプに行ったときのこと。

夜に簡単な肝試しをした。二人一組で、懐中電灯を持って近くのお堂に行って、火を点けないロウソクを中に置いて帰ってくるのだ。ただし、脅かし役を引き受けた男子三人が、お堂の周辺に隠れているからビックリもしくは大ウケ、大笑いすることになる——。

こんな感じで、小学生向きに怖くなりすぎない工夫がされていて、最後に脅かしてくるのが同級生の誰それと誰それ……と、わかっていても、本山さんは夜道を二人きりで歩いていくうちにドキドキしてきた。

本山さんとペアになったのは、中田さんという女子だった。

出発直後に、中田さんの方から手を繋ぎたがった。そこで本山さんはロウソクを右手に持ち替えて、左手を中田さんの手と繋いだ。背丈は同じくらいなのに、繋いでみたら、中田さんの手の方が自分の手より華奢で柔らかかった。

――僕が中田さんを守ってあげないくちゃいけない。

やがてお堂に着いた。高床式の小さなお堂で、短い階段の上に扉があるが、葛《くず》のツルが壁を這い、打ち捨てられて朽ちかけていた。

あの扉を開けて、お堂の中にロウソクを置き、また扉を閉めて引き返せばいいだけだ。でも、桟が嵌《はま》った扉の向こうは真っ暗で、近づくだけでも勇気が要った。こういう状況になってみると、どこかに男子三人が隠れていて飛び出すタイミングを待ち構えているというのは、とても心強いことだった。

誰か早く出てこないかな、と、期待してキョロキョロ見回すと、お堂の後ろの方でガサゴソと雑草を踏んで歩く物音がした。

本山さんと中田さんは目を見合わせた。

本山さんが屈んでお堂の下を覗くと、中田さんも彼にならった。高床になっているから、お堂の向こう側が見え、半ズボンを穿いた男の子の下半身も見えた――紺の半ズボンと白いハイソックス、駆けっこが速そうな形の良い脚が二本。

お堂の裏に、脅かし役の男子が一人、隠れているのだ。男の子の後ろには崖が立ち塞がり、お堂の両脇も通路を残して笹竹の藪があるのを見てとって、本山さんは一計を案じた。

「中田さんは左から裏に行って！　僕は右から行くから。挟み撃ちにしようゼッ！」

ふだんは使わない「ゼッ」で台詞《せりふ》をキメながら耳打ちすると、中田さんはニコッと笑顔になってうなずいた。

——ようし！

本山さんは張り切ってお堂の右手から裏に回り込んだ。

途中でもういっぺん屈んでみて、半ズボンの子がいることを確かめた。所在なさげにうろうろしているが、逃げる気配はない。

——間抜けだなぁ。壁の陰から飛び出して、逆に脅かしてやろう。

右横の壁の角に隠れて軽く力を矯《た》めると、本山さんは飛び出した。

「見ぃつけた！」

と、大声で叫びながら、顔には満面の笑みまで浮かべて出ていったのに……。

「……そこには誰もいませんでした。反対側から中田さんも出てきて、大声で悲鳴をあげました。僕も叫び声をあげていたと思います。

そうしたら、三人の脅かし役の男子がお堂の扉を開けてやって来て、何が起きたのか訊くので、これこれこうと僕が説明したら、みんな本気にしてくれないんですよ。

そんなことありえないって言うんです。いたはずの子が、急に消えちゃうだなんて。

また、このときは虫刺されや怪我を予防するために長ズボンを穿いてくるきまりになっていたから、半ズボンの子なんているわけがないと指摘もされました。

だから僕と中田さんは恥ずかしくなって、ロウソクを持ったまま、逃げるように元来た道を帰りました。あれは屈辱的でしたよ、今、思い返しても。

その後も肝試しは続けられて、僕と中田さん以外は誰も、半ズボンの男の子なんか見ませんでした。でも僕たちは嘘をついていなかった！　今でもとても悔しいです」

父の車

体験談を取材していると、思いがけずその方の人生の来し方、半生のドラマを聴かせていただくことも少なくない。

ドラマから不可思議な逸話だけを摘まみ取って、残りはすべて捨ててしまう。

そうすべきか否か迷っているうちに何週間も何ヶ月も経ってしまう場合がある。

この神崎沙織《かんざきさおり》さんのお話も、インタビューしてからずいぶん寝かせてしまった。

怪異が起きた部分以外の、そこに至る人間模様が複雑で、経緯が長いため、どうしたものかと悩んでいたのだ。

おそらく、怪異が起きた部分を抽出して書いた方が、奇譚として評価はされやすい。

ただ、そうすると人の心の機微《きび》が織りなす哀しみや恐ろしさが伝わらないだろう。

——東京都出身、現在四一歳で接客業に就いている神崎沙織さんの体験談である。

一昨年、疎遠にしていた妹から電話があって、母が肺炎をこじらせて亡くなったと事後報告を受けました。

葬式代を援助してくれと頼まれたから、お金を送りました。看取《みと》ることも、葬儀に参列することもありませんでした。したいと思えば出来たかもしれませんが、送金だけして、それっきり。墓参りもしていません。

母からは殴られたり蹴られたり、いわゆる虐待を受けていました。そのうえ母の恋人にレイプされたことまであるんです。九歳のときでした。私を犯した後で、その男は五百円玉を投げてよこしました。母は知っていたはずです。

九歳というのは、両親が離婚したときでもありました。

両親と言っても、私は母の連れ子で、血が繋がった父を知りません。

私にとっての父は、物心ついたときから可愛がってくれた〝お父さん〟だけです。

父については良い想い出が幾つもあります。遊園地や海や山や、いろんなところに車で連れて行ってもらいましたし、自転車の乗り方や泳ぎ方も父から教わりました。

いつも豪快に笑っている父が、子どもの頃は大好きでした。

大型トレーラーの運転手だったから家を空けることも多かったんですけどね。離婚後は生コン屋の（コンクリートミキサー車の）ドライバーになりました。生まれ変わったらアメリカ人になってモンスタートラックや大型のタンクローリーを運転したいと言っていましたっけ。大型車が好きだったんです。責任感が強くて、私と妹が二〇歳になるまで母に養育費を払いつづけ、何でも相談に乗るからと言って、電話をかけてきてくれました。そう言われても、私の方で恥ずかしかったり悩みすぎていたりして相談できないことの方が多かったんですけどね……。でも、父の声が聞けるだけでも心強かった。

そんな父でしたが、母の頭をグーで殴って鼓膜を破ってしまったことがあります。私や妹を叩いたこともあるんですよ。気軽に暴力を振るうタイプの男っているでしょう？　あの手の人って、話を聞いてみると十中八九殴る親に育てられている。父もそうでした。同じ暴力を振るうにしても、父は瞬間湯沸かし器型で、母は怒りを溜め込んである日突然爆発させたり、執念深くネチネチ虐めたり。

性格は正反対で、父が陽なら母が陰という感じでした。正反対と言えば、父は福島県出身で、母は宮崎県出身です。北の男と南の女が東京で出逢ったんですね。

喧嘩ばっかりしていましたけど、後で起きたことを思うと、二人は愛し合っていたのかな。

父は、今から一三年前の春先に失踪し、行方不明になって四ヶ月後に自殺しました。失踪する直前、私に電話をかけてきて、生コン屋で軽微な事故を起こしたと話し、クビにはならないし保険が下りるからお金も取られないのだと言いながら、

「お父さんは、もう駄目かもしれねぇ」

なんて弱音を吐いて、とても落ち込んだようすでした。

それが二〇〇五年の三月三日です。

その翌日の三月四日に、会社の寮から姿を消してしまったそうです。

私は父が行方不明になったことを当初は知らず、四月のはじめに、母から聞かされました。

私は一八のときに家を出て夜の世界に飛び込み、自立して生きてきました。でも二七歳のあの当時は、実家との縁が切れていなくて、年に二、三回は顔を出していたんですよ。

……そう。あんな母でも、親は親だと思っていたから。

四月のその日は、なんとなく実家に顔を出したら、母が、猫がさっきから急に弱って死にそうだと言って取り乱していました。猫は私の顔を見た途端に事切れて、妹は出掛けて

いたし、母は泣いているだけだったので、私が動物霊園に連絡したり、靴箱を棺桶代わりにして猫の亡骸を納めたりしてあげていたら、

「お父さん、失踪したよ」

と、唐突に告げられたんですよ。

三月四日の夕方に、父が働いていた生コン屋の上司から、「そっちに行っていないか」と実家の固定電話に電話がかかってきたそうです。だから妹も知っていた。

「どうして今まで黙ってたの」と私は母をなじりました。

するとと母は、こんな話をしました。

「会社から連絡があった日の夜一二時頃に無言電話がかかってきた。お父さん（神崎さんの父のこと）だとピンときたから、呼びかけたけど返事がなくて、すぐに切れてしまった。でも、それから毎晩一二時になると無言電話がかかってくるんだよ。明日は話してくれるんじゃないか、今夜が駄目でも明日は……と思っていたら一ヶ月なんかあっという間だったよ」

そこで私は、失踪前日に電話があったこと、父が落ち込んでいたことを母に伝えました。

そして、「お父さん、鬱《うつ》病なんじゃないの？」と言いました。

考えてみれば、しばらく前から父はようすがおかしかったんです。

離婚してからも、父は大晦日には必ず実家に来て泊まっていました。だから私も大晦日には帰って、毎年、家族四人でお正月を迎えていました。そういう習慣だったんです。

ところが、その年のお正月は違いました。父が大晦日に、「今年は行けない」と実家に電話をかけてきたんですよ。そのとき私も電話を替わってもらって父と話しました。

そうしたら父が、らしくもない沈んだ声で、「上の学校に行かせてやれなくてごめん」と大昔のことを謝るので、「どうしたの？　何かあったの？」と訊ねたんです。でも、「何もねえよ」って。

こういうことを思い出したので、私は母に、「事故を起こしたのも、鬱病か何かのせいかもしれない。連れ戻して病院に行かせようよ」と言ったんですけど、母は「どこにいるかわからないから無理だよ。寮を出るとき自分の車に乗っていったようだから、遠くに行った可能性がある」と。

父を雇っていた会社が捜索願（現・行方不明者届）を警察に出したとのことでしたが、警察は探してくれるわけではありません。

「お父さんのことはあんたも放っておきなさい。帰ろうと思えばいつでも帰れるんだ」

父から母に最後に無言電話があったのは七月の頭で、これまでと同じように真夜中の一二時にかかってきたそうです。そしてそれっきりになったので、今までの無言電話はやっぱり父がかけてきていたのだと確信できたということです。

解剖所見には、午前三時頃に亡くなったと記入されていました。だから母に無言電話をして三時間後に、父はフェンスに首を吊って死んだんですよ。

まだ五七歳でした。

道端に、車道の方を向いて晒し者のようにぶらさがっていたそうなので、発見した人は驚いたと思います。道路の脇に高さ二メートルぐらいのフェンスがあって、そこに紐をかけて自殺していたということで、父が乗っていた車もそばに路上駐車されていました。所持金は遺体のズボンのポケットにあった小銭、三八円だけ。車の中には使用済みのテレホンカードやレシートが散乱していたそうですが、貴重品らしい物は一つもなく、銀行預金は全部カードで引き出されていました。

遺体は父の実家が引き取ることになり、叔父が喪主になって荼毘に付して、葬儀には母と妹と私も参列しました。

このとき父の遺品をどうするか話し合いまして、叔父の好意で、すでに縁が切れていたにも関わらず、母が車を譲り受けることが決まったんです。遺品は他にはありませんでしたし、車はマツダの4ドア・セダンでまだ新しく、メタリックな紺色の塗装にも傷一つありませんでしたから、叔父は売ろうと思えば売れたはずです。

母は喜んで車を受け取り、福島から東京の自宅まで運転して帰りました。

数日後、母は、家の駐車場で車を降りた途端、派手に転んで怪我をしました。膝や脛《すね》に酷い打撲傷や擦り傷を負ってしまったそうですが、その傷が癒えないうちに、今度は車のドアに親指を挟んで、また怪我。

――こんなことが関係あるかどうかわかりませんが、最初に母が怪我をしたのは、父が亡くなった日から数えて七日目、つまり初七日にあたる日だったようです。

だから、次のことが起きたのは一四日目になるんじゃないかしら……。

その日、母と妹は車に乗って立川市の昭和記念公園に行ったそうなんです。往きは何事もなかったんですが、帰り道、車を運転していた母が突然、助手席にいた妹に「振り向かないで!」と命令して、それが凄い剣幕だったもので、妹は驚いて……。

「えっ？　どうして？」

「とにかく、ずっと前を向いていなさい」

「何なの？　後ろがどうかしたの？」

「いいから黙って。言うとおりにしてよ！」

妹は、わけがわからないと思ったけれど、母を見たら真っ青になって脂汗をかいていたので怖くなって、言うことをきいて、後ろを振り返らないようにしていたそうです。

それから一〇分ぐらい、母は無言で車を運転していたと言います。

緊張していると一〇分間は長いですよ。妹は、あのときは、もう我慢できない、何があったのか訊かないではいられないと思いはじめたと後で話していました。

だけど妹が何か言う前に、母がルームミラーを確認して、「もう大丈夫」と。

「大丈夫って何が？　教えて！」

「あのね……、後部座席にお父さんが座っていて、手招きしていたんだよ」

父は、母に来てほしかったのかもしれませんね。よく〝呼ばれる〟と言うじゃありませんか？　死んだ恋人や肉親に呼ばれでもしたかのように、急に亡くなってしまうと。

母は死には至りませんでしたが、まさにその状態で、後部座席に父の亡霊がいた一件の後も、車に触ると頻繁に怪我をしていた他、また、ちょうど四十九日法要の直後には甲州街道を車で走っていたら、突然、後ろの窓ガラスが音を立てて粉砕するという事件が起きました。

四十九日の法要で——誰に話しても「ありえない」と嗤《わら》われるんですが——お寺の御住職が、自殺者の魂は成仏できずにいつまでも此の世をさまよっていると話されたんです。非常識でしょう？　でも本当なんですよ。もしかしたら、あの瞬間、父の霊が住職さまに乗りうつって言わせたのかもしれませんが、とにかく、そういう説法を聞かされたので、母は非常に気を病んでいました。

そうしたら、ただ運転していただけなのに、いきなり車の窓ガラスが爆発したみたいに粉々に……。あやうく事故を起こしそうになったそうです。

それからは不思議なことがピタリと止んだと聞いています。

父が死んだ日の、おそらく絶命した時刻に、父が出てくる夢を見ていたと、生前、母は話していました。そして、いろいろ怖いことがあったにもかかわらず、父の車にその後もずっと乗り続けていました。

留守番

歯科医師の斎藤忠彦《さいとうただひこ》さんは、三週間、実家の留守を預かることになった。両親がアメリカに住んでいる妹に会いに行き、ついでに久しぶりに夫婦水入らずで旅行をしたいと言うので、快く引き受けた。斎藤さんの自宅から実家は徒歩五分の距離だ。いつも飼い犬の散歩で前を通るので、通いでも構わないなら容易なことだと考えたのだ。

両親は、熱帯魚の世話と郵便物の取り込み、庭木の水やりをしてくれたらよいと彼に言い置いて日本を発った。実家にはホームセキュリティ・サービス会社の警察通報システムが設置されていて、玄関を出入りする度にセット・解除の操作をしなければならないのが面倒くさいが、そもそも斎藤さんが強く両親に勧めて取り付けさせたのだから、それは仕方がない。

空港で両親を見送った翌日、さっそく斎藤さんは犬を連れて実家に行った。

預かった鍵で玄関ドアを解錠すると、さっそく警察通報システムのブザーが鳴り始めた。三〇秒以内にシステムを解除しないと、警察のパトカーが飛んでくる仕組みだ。

解除の方法は簡単で、台所の壁に設置した専用のパネルにＩＣスティックを抜き差しすればいいだけである。ＩＣスティックもしっかり持ってきている。大丈夫だ。

ブザーが鳴り響くなか、斎藤さんは玄関に犬を座らせて、急いで靴を脱いだ。

この家は、玄関から廊下を真っ直ぐ進んだところに台所の出入口があり、ウッドビーズの暖簾が下がっている。斎藤さんはＩＣスティックを片手に構えて廊下に足を踏み出そうとした。が、一歩も行かないうちに固まった。

廊下の途中に、着物姿の女が背を向けて立っていたのだ。

女はすぐに、真っ白な足袋を穿いた足で、しずしずと歩きだした。その歩調に合わせて、カチャカチャと、小型犬の爪が板の間に当たるような音が鳴った。

斎藤さんの犬は大型犬で、玄関で大人しくしている。

見えない小型犬が和装の女についていっているようだ。女はたちまち暖簾をくぐって台所に入ってしまった。

ブザーが鳴り響いている――そうだ！　三〇秒！

斎藤さんは走って台所に飛び込むと、ＩＣスティックをパネルに差して警察通報システムを解除した。セーフ！　女は消えていて、二度と現れなかった。

歯科医

歯科医というのは基本的に理数系の人種だから怪談の類はお嫌いだろうと思っていたが、それは私の偏見だったようで、斎藤忠彦さんとは某怪談会で知り合った。

斎藤さんは歯科クリニックを経営している。妻も歯科医で小学生の息子がいて、大型犬を飼っている。自宅は三階建て。一階が彼の歯科クリニックで、二階・三階が家族の居住スペースだ。趣味は音楽でギターを弾くことが出来る。徒歩五分のところに住んでいる両親は裕福で、家族円満。友人多数。ついでにハンサムで妻も美形。息子は賢い。

絵に描いたような云々。何不自由ない云々。そんな言葉しか出てこないような斎藤さんの暮らしぶりだが、ひとつだけ問題がある。

斎藤さんは〝見える〟人なのだ。

俗に言う霊感体質で、お化けが見えてしまう。歯科医なのに〝見える〟というのは由々しき問題で、患者さんに知られたら他所の歯医者に逃げられる危険性がある。信用に関わるから、妻子と両親は知っているが、世間に対しては内緒にしている――そんな斎藤さんの秘密のエピソードをいくつか聞かせていただいた。

黒い球

夜の一〇時頃、うるさくすると子どもが寝られないので、診察室でギターの練習をしていると、隅の方で影が動いた。何だろうと思ってよく見たら、影ではなく、バスケットボールぐらいの大きさの黒い煙の球だった。球は視線に感応したかのように、注視した途端、ふわりと宙に浮いた。

そのとき、球が回転していることに気がついた。回転しながらビューンと飛んで壁に当たると、まったく抵抗なくスムーズに壁の中に吸い込まれて見えなくなった。

壁の向こうは院長室なので、とても厭な気持ちになった。

水平移動

歯科クリニックを閉める時刻になり、一階の電気を消したところ、忽然と知らないおじいさんが出現した。

受付のパソコン画面の明かりに照らされて、ズボンのポケットに手を突っ込んで佇んでいる。ベージュのブルゾンを着ていて、身長一七〇センチぐらいで痩せ型。

……穴の空くほど見つめたが、やはり全然知らない人だ。うちの患者ではない。

幽霊なのだろうか。物凄くリアルで、生きている人間にしか見えない。

「あのう……」

声をかけたら、急に素早く水平移動して、閉まっている出入口を擦り抜けて出ていってしまった。振り向きもせず、手足を動かさずに、レールの上を滑るようだった。

すみませーん

二階のリビングで仮眠していたら、一階から人の気配がしてきて目が覚めた。出入口の方でガチャガチャと音を立てているな、と、思ったら中年の女性が、

「すみませーん」

と大声で呼ばわるから、咄嗟に、

「はーい」

……答えてから診療時間は終わっていることに思い至った。

恐る恐る一階を見にいったが、誰もいない。

その後、夕食を食べてから、息子と一緒にテレビを観ることになった。妻は後ろの台所で皿洗いをしはじめた。

テレビを観はじめてしばらくすると、妻の方でも息子の方でもない少し離れた誰もいない空間から、中年女性の笑い声が立った。

「ウハハハハハ、フヒヒヒヒ、アーッハッハハーッ」

不気味な哄笑だったが、声の質が、「すみませーん」の人と同じだと思った。

妻と息子も驚いていた。

「テレビ？」と妻が言ったが、テレビとは違う方角から聞こえてきたし、笑い声が出る場面でもなかったから、息子が首を横に振ると、妻は顔をしかめた。

「気のせいよ！　気のせい！」

「でも、その辺から聞こえたよね」

息子は床から一三〇センチぐらいの高さを指差した。

「これぐらいの背丈かな？　大人にしては小さいね」

「そういう話はしないの！　もう気にしない！　わかった？」

妻は霊どころか霊感の存在すら信じない主義であるし、強い。

「わかった」と息子は素直にうなずいた。

それから順番に風呂に入って寝る支度をした。妻と息子を先に入れて、最後に入浴してドライヤーで髪を乾かしていたら、肩をトンと突っつかれた。

妻かな、と、思ったが、振り向くと誰もいなかった。

センセイは幽霊を信じますか？

常連の患者さんに桜田《さくらだ》さんという四〇代前半の女性がいた。スレンダーで綺麗な方で、虫歯は無い。歯のクリーニングと点検のために通ってくれていたのだ。ご予約する時間はいつも朝九時。

二年前のことだ。

その桜田さんが、夏のある日、開口一番に「センセイは幽霊を信じますか?」と訊いてきた。思わず絶句したが、こちらに構わず話しはじめたところを見ると、回答を期待していたわけではなさそうだった。一刻も早く吐きだしたいことがあったのだろう。

「聞いてくださいよ。あのね、ひと月ほど前に親戚の集まりに参加したんですけど、そこで心霊写真が撮れてしまって、ご近所の霊能者に見てもらったんですよ!

その日は親戚一同で夕ご飯を食べて、それから表で子どもたちが花火をして。私のはとこの娘ちゃんは初めての花火で、それはもう大喜びして、とっても可愛らしかったんです。もうすぐ三歳になるという幼児だから、ずっとはとこが付きっきりでしたけど、線香花火を持たせてあげたら、楽しくてしょうがないようすでねぇ……。可愛いから、私もはとこの横に並んでしゃがみこんで、娘ちゃんを眺めてました。それで、せっかくだから、このようすを写真に撮ってもらおうと思いつきまして、スマホを近くにいた親戚に渡して、娘ちゃんを見ているはとこと私を撮ってもらったんですけど……。

親戚が、撮れた写真を見てワッと悲鳴をあげるので、何だろうと思ったら……。

私とはとこの首が、あるべきところに無いんです!

肩のところでスッパリ切れていました。えっ？　首はどこ？　と、スマホの画面の中を探したら、上の方に私たちの首が揃って浮いてましたよ！　肩から一メートルも上に離れた空中に風船みたいに浮かんでいて、私もはとこも、目の焦点が合っていないような死人みたいな表情をしていたんですよぉ。

しかも、私たちの首の周りには薄く靄がかかっていて、写真を拡大してみたら、靄の中に人の顔が沢山ありました。

怖いでしょう？　でもどうしてこんな禍々しい写真が撮れたのか知りたくなったので、いったん保存しておいて、ご近所の霊能力者さんに見せたんです。霊能力者さんの勧めに従って、もう写真のデータを削除しましたが、まだ問題は解決していないから、んもう不安で不安で！　それでつい、センセイに話しちゃいましたが、そろそろ始めないと次の患者さんが来ちゃいますよね？　では、お願いします」

……え？　多弁だったわりに、そこで終わる？　問題は解決してないんだよね？

頭の中で疑問が渦巻いたが、とりあえずいつも通りに歯の点検とクリーニングをした。

次回来院されたときに、この続きを拝聴しよう。

そう思っていたのだが、桜田さんは、それきり来なくなってしまった。

ところが二年後――つまり最近になって再びご予約されて、通ってくるようになった。

苗字が菊池《きくち》になっていて、離婚されたのかなと思ったら、やはりそうだった。

「あれから夫が不倫して、いろいろ大変だったんですよぉ。離婚して、息子を私が引き取ったんですけどね……なんと今度は息子に狐が憑いちゃったんです！

あるときから急に、息子を写真に撮ると、必ず変な顔に写るようになってしまって、どういうことだろうと思って、前に私とはとこの件で相談したことがある霊能力者さんに、また写真を見せたところ、狐が憑いていると言われました。でも祓えないから放っておくしかないそうです。そのうち出てこなくなったり、離れたりする可能性もあるから、今はようすを見ましょうって……。

息子は元気で、写真のこと以外は何も変わったことはありませんから、まあ、放っておいても大丈夫そうではあるんですが、でも、本当に凄い写真なんですよぉ！

一枚なんて、息子の顔が長くなって、お尻から尻尾が何本も生えてるんです！　九尾の狐みたいでしょう？　顔だけ歪んでいる写真は何枚もあります。

センセイは心霊写真に興味ありますか？　ご覧になります？」

私の部屋

二七歳の派遣社員、坂口晶絵《さかぐちあきえ》さんの趣味は漫画で、数人の仲間たちと漫画同人誌を作ってはコミックマーケットに出店しているほか、漫画関連の大きなイベントがあれば多少遠方でも足を運んでいる。

そのときも、自宅がある神奈川県からは遠いが、新潟県で大規模な漫画のイベントが開催されるというので、同人仲間の平田さんと二人で、長距離バスで行くことにした。

平田さんは前々から新潟駅前のビジネスホテルに部屋を予約していたが、坂口さんは着いてからでも一室ぐらい確保できるだろうと高を括って、予約していなかった。

ところが予想が外れて、満室だと断られてしまった。

「どんな部屋でもいいから泊めてください。もうクタクタで、早く休みたいんです」

疲れていたのは嘘ではなかった。平田さんも一緒に、「お願いします！」とフロント係に頭を下げて頼んでくれた。

「私の部屋に泊めてあげることはできませんか？」

「シングルルームですし、お二人で使うには狭すぎるかと……。わかりました！　お部屋を確保しましょう。あまり綺麗なお部屋ではないのですが、構いませんか？」

「なんでもいいです！　ありがとうございます！」

用意された部屋に行ってみると、従業員の言葉どおりで、壁紙やカーペットが古びて薄汚れた印象だ。平田さんの部屋を見せてもらったら部屋全体がモダンで綺麗だった。

部屋の形や浴室の位置などは同じだから、自分にあてがわれた部屋は何かわけがあってリフォームを済ませていないのかもしれないと坂口さんは推測した。リフォーム済みでないから、宿泊させたくなかったのだろう、と。

しかし無理を言って貸してもらったのだから贅沢を言ってはいけない。それに本当にくたびれていたので、早くシャワーを浴びてベッドに横になりたかった。

ベッドに入ったのは夜の七時頃だった。寝るには早い時刻だから平田さんが遊びに来るかもしれなかったが、ドアのチャイムが鳴らされたら起きればいいのだと考えた。

ところが、仰向けに横たわって睡魔の訪れを待っていると、耳の鼓膜に違和感が生じた。高層ビルのエレベーターや飛行機に乗っているときになるのと同じ、耳が詰まるような鈍痛を感じる。こういう症状は気圧が急激に変化するせいで起きるはずだが……。

そう言えば、妙に空気が重く、全身をなんとなく圧迫される感じもある。やはり気圧が変化したのか。閉め切った室内で、そんなことってあるんだろうか？

すっかり目が冴えてしまった。

と、そのとき、ドアの方で物音がした。

ドアノブが動いて、ドアが開いた——そういう音だった。

ギョッとして、横になったままそっちを見たら、灰色の上着を着た男が後ろを向いてドアを閉める仕草をしていた。

すぐにドアの横にあるスイッチをパチンと押して照明を点ける。そして、こちらに歩いてきて、凍りついている坂口さんのベッドに腰を下ろした。

「はあ……」

ため息をついている。

坂口さんはそのとき、まったく身動きが取れないことに気がついた。逃げたいのに逃げられない。声も出せない。

——いったい何が起きているの？　なんでこの男は私が寝ているのを無視していられるの？　そもそもなんで鍵を持っているの？　ホテル側の手違い？　助けて助けて！

完全にパニックに陥った。

が、男の一挙一動を見張ることしか出来ない。せめて腕が動いたら、男を叩けるのに。寝たままでも手が届きそうなところに、男の腰があった。

「はあ」

男が再びため息を漏らした。座っている彼の前の壁に鏡が取り付けられている。全身を写す、姿見だ。男は膝に肘をつき、上目づかいで鏡を見はじめた。

鏡に映っている男の姿が、坂口さんからも見えた。

体型や風体から推して、年齢は四〇歳くらいだろうか。元はビジネスマン風に短く整えた髪型だったようだが、二ヶ月ぐらい床屋に行っていないようすで、中途半端に髪が伸びてだらしない印象になっている。紺色のネクタイ。灰色の上着は、正面から見たらテーラードジャケットであることがわかった。センタープレスが曖昧になった紺色のズボン。明るい部屋の中である。どこまでも細かく、服の生地の織り目まで観察できた。髪に浮いたフケさえ見える。

しかし、男には顔が無かった。顔のところだけモザイクをかけた映像のように、ぼやけているのだ。

やがて男はテレビを点けて、ニュース番組にチャンネルを合わせると、ネクタイの結び目を緩めながらバスルームの方へ歩いていった。中に入って戸を閉め、ややあって気味の悪い呻き声を発した。

「ウーン……」

その途端、坂口さんは急に全身の自由を取り戻した。

バスルームの戸を睨みながら起きあがる。

あそこからあいつが出てくる前に逃げよう。そう思ったのだが。

「はあ……」

真横から男のため息が聞こえて、引っくり返りそうになった。声の方を振り向くと鼻先から二〇センチの至近距離に、細かなモザイク状にぼやけた顔があった。

「なんで私の部屋にいるんだ?」

平板な口調で質問してきた。

ガチガチと変な音がすると思ったら、自分の奥歯が鳴る音だった。まじまじと顔を覗き込まれている。捕まえられてしまう! 襲われる!

坂口さんは観念して目を瞑った。

「はあ……」

男は深々とため息を吐きながら背を向けて再びバスルームに去った。パタンと戸が閉まり、すぐにシャワーの音が聞こえはじめた。

テレビを点けっぱなしにして入浴するつもりなのだ——いや、問題はそこじゃない。坂口さんは目を開き、恐る恐る手足を動かしてみた。普通に動かせた。鼓膜の鈍痛も治っていた。空気の重さも感じない。電気とテレビが点いており、シャワーの音がバスルームから聞こえてくるが、部屋のようすにも何ら変わったところがなかった。

音を立てないように用心しながらバスルームの戸を細く開けて、中を覗き込んだ。

壁のフックに掛けたシャワーヘッドから勢いよく湯が噴き出し、白い湯気を巻きあげていた。シャワーカーテンは開いており、バスタブは空で、人影は無かった。

坂口さんはシャワーを止めて、部屋に戻って天井の明かりを消した。怖いのでテレビは音量を絞って点けておくことにして、ベッドに入った。

出来事が精神の許容量を超えてしまったので、本能的に睡眠に逃げたのだった。

翌朝、坂口さんは平田さんがいきなりたいへんな剣幕で怒りだしたので驚いた。

「昨日、どうして私を無視したの？　部屋に遊びに行ったのに、シカトして出てこないなんて酷いよ！　ずっとチャイム鳴らしてたし、その前に電話もしたんだよ？　普通、ひと言ぐらい返事するでしょ！

しかも何？　知らない土地だからここに泊まれないと困るってフロントに泣きついてたのに、部屋に友だち呼んでたでしょう？

話し声が廊下まで聞こえてたよ！　いったい何なのよ！　私を仲間外れにして！

……しょうがないから自分の部屋に戻って、私もベッドでゴロゴロしてたけど、そしたら金縛りに遭うし！　すぐ解けたから、やっぱり怖いし一緒に寝ようって言いに行ったら、また返事しないでガン無視！　友だち甲斐が無さすぎるよ！」

これを聞いて、坂口さんは余計に恐ろしくなったが、平田さんの怒りが深刻なものだったので、急いで昨夜の出来事をすべて話した。

幸いすぐに平田さんの誤解は解けて、何時に坂口さんの部屋に来たのか、またそのときはどんな状況だったのか、話してくれた。

それによると、最初に平田さんが坂口さんの部屋を訪ねたのは、男が現れたのと同じ午後七時ぐらい。

そのとき複数の男女が会話する声が、坂口さんの部屋から聞こえていたのだという。テレビの音声ではなく生の声で、衣擦れや足音など、人が動き回る気配もしていたそうだ。

それから自分の部屋に戻って金縛りに遭い、再度訪れたのは、最初に坂口さんの部屋の前に来たときから一時間ほど後だと思うと平田さんは説明した。

つまり平田さんは二回も来たことになる。電話もかけたという。しかし坂口さんにはベルもチャイムも一度も聞こえなかった。彼女はずっと、顔のぼやけた男と一緒に、此の世ならざる部屋にいた——ということだろうか。

西日の廊下で

新卒採用されて以来、某テレビ局に勤めている佐藤英治《さとうえいじ》さんは、晩秋の午後二時頃、東京都内にある本局の廊下で顔なじみのニュース記者とすれちがった。

顔なじみと言っても、あちらは三年先輩で佐藤さんは後輩。名前は峯《みね》さんという。

ニュース記者には豪放磊落を気取る者も少なくないが、峯さんは大人しい印象で、やせぎすの長身と額の秀でた風貌や、上品な言葉遣いと相俟って、学者かお公家さんのような感じがした。

新人の指導は懇切丁寧で、先輩風を吹かせることもなかった。

彼とは一〇年以上のブランクの後、東京で再会した。お互いに栄転を祝福し合ったが、過度に慣れ合うことなく、たまに一緒に食事をするような程良い付き合いに落ち着いた。

さて、そういう峯さんが、西日の差す廊下を静かに歩いてくる。

佐藤さんは目が合ったら挨拶しようと思った。急ぎの用を抱えていたから、立ち話は出来ないが、目が合ったら笑顔で軽く会釈して、「また連絡します」とでも言おうか。すると峯さんが「ええ、近いうちにまた」とか何とか返事をしてくれて……。

ところが予想とは違って、峯さんは真っ直ぐ前を向いたまま、通りすぎてしまった。

――名前を呼べばよかった。追いかけるか？　いや、そこまでする必要はないな。


それから四ヶ月ほど経って、三月のある日、職場の定例班会議の席で育英資金を募る趣意書が配られた。誰か亡くなったのかなと思ったら、驚いたことに峯さんの訃報を兼ねた文書だった。

前年九月に四七歳で亡くなっており、死因は癌《がん》で、死に先立つ二ヶ月前から病床にあったという。妻と幼いお子さんを残して彼の世に旅立つのはさぞ無念だったに違いないが、西日の廊下で擦れ違ったのは、たしか一一月頃のことで、すでに峯さんは亡くなっていたはず。


記憶違いだとしても、九月より前ということはない。

建物の構造の関係で、あの廊下は日が短い季節の午後になると日光が差し込むようになるのだ。八月や九月では午後二時に西日があれほど入ることはない。

とっくに亡くなっていたのに知らなかった。

一三年前の出来事だが、声をかければよかった、いや、それ以前にもっと深く彼に関わるべきだったと佐藤さんは今も後悔している。

霊感彼女

かれこれ二三年も前になるという。当時二四歳だった小山昭也《こやまあきなり》さんは、東京都港区南青山で催されたイベントで知り合った同い年の女性と交際していた。

小山さんは埼玉県の実家に住んでおり、家の周囲には若い女性が好みそうなデートスポットが無かった。一方、彼女は南青山界隈の職場に勤めていて、都心部の家で祖父母や両親と同居していた。

そこで自ずと、デートするときは彼が車で迎えにいき、都内で遊んだ後、彼女を家まで送ることになった。

彼女の家は格の高そうな寺院の横に建っていた。祖父がそこの住職なのだと彼女は話した。そして祖父は霊感が強く、隔世遺伝で自分も霊や物の怪が少し見えるのだと小山さんに打ち明けた。

小山さん自身は幽霊を見たことが一度もなかった。怪談の類は子どもの頃は好きだったが、今では興味がない。……まあ、しかし、霊感がある女性というのは神秘的な感じもするし、おそらく自分の気を惹きたいのであろう。それは嬉しい。

――だからと言って、待ち合わせ場所がいつもここというのは如何なものか？

小山さんの彼女が指定した待ち合わせ場所は、通称・青山墓地こと正式名称・都営青山霊園の外郭にあたる路地が交差する辺りで、赤坂消防署の斜め前だった。

職場から近く、しかも同僚や上司に見つかりづらいから、と、彼女は言った。

実は、小山さんたちが付き合うきっかけとなったイベントは、彼女の勤務先が主催したものだった。「参加者と恋愛関係になったと会社に知られたら何を言われるかわからないわ」と彼女は怯えており、だからやむなく……。

小山さんにも南青山辺りに土地勘があれば、もっと良い待ち合わせ場所を提案できたかも。でも、あいにくこの辺の地理は全然知らなかった。

そういうわけなので、その晩も、小山さんは青山墓地の真ん前で彼女と落ち合った。

頃は八月、東京のお盆は七月だから仏さまたちはみんな彼の世に還っている。全国的なお盆も数日前に過ぎていた。青山墓地は目の前にあるが、消防署もすぐそこで、見える範囲内に住宅も建ち並んでいる。墓地の真ん中というわけではなく、人の生活圏だ。

——夜の一一時だから、さすがに人っ子ひとり見あたらないけど、そんなに怖くないな。

そうなのだ。なぜか彼女は深夜にデートすることを好んだ。仕事が終わるのが午後一〇時頃だそうだから仕方がないのか。しかし、若者同士がデートするのに、毎度、深夜の青山墓地で待ち合わせするのって、どうなんだ?

不満がないわけではなかったが、独りきりのときは納得できない感じがしても、彼女が来ると、たいていのことはどうでもよくなってしまうのだった。

「お待たせ」

彼女は今夜も小走りに登場してくれた。軽く息を弾ませている。可愛い……と小山さんの恋愛メーターが一気に上昇した。

「蚊がいるから、早く乗りなよ。何が聴きたい?」

小山さんは車のダッシュボードを開けて訊ねた。CDがぎっしり詰まっている。小山さんの自慢は最新式のCDコンポ(コンポーネントステレオ。スピーカーを通してCDやカセットテープを楽しむオーディオシステム。CDが主流の時代に流行った)で、カーステレオとしては当時最先端のブランドの機器を愛車に搭載していたのである。

助手席に乗り込んできた彼女は素敵な香りを漂わせている。会社を出る前にコロンをつけなおしてきたのであろう。可愛い……。恋愛メーターの針が振り切れそうだ。

「これにする！」とピンクのマニキュアをほどこした美しい手で差し出すCDを受け取って、CDコンポの再生ボタンを押した。

すると、メーター周りのランプが全て点灯し、同時にCDコンポの電源が切れた。

小山さんは「エンストした！」と口走った。ランプがいっぺんに点くのはエンジン急停止のシグナルだから。

しかし、一呼吸して「あれ？」と気づいた。

エンジンが掛かっていたのだ。いろいろ試してみたら、CDコンポ以外は、どれも正常に作動することがわかった。

「故障かな。CDコンポだけ電源が入らない。どうしたんだろう？」

内心かなりガッカリしながら気を取り直して「どこに行こうか？」と彼女に囁こうとしたのだが。

「……うっ。ううううっ！　頭が痛い。小山くん、これは霊の仕業よ！　私にはわかる。そこにいる。すぐそこに！」

と、彼女が消防署の建物を指差すや否や、ドアを開けて外に出ていくではないか。

小山さんは慌ててエンジンを切り、彼女を追って車を降りた。

「……本当にここに何かいるの？」

小山さんにはタイル張りの消防署の建物しか見えない。出入口が面積にゆとりがあるポーチになっていて、ポーチを囲んで四角い柱が立っていた。

「あの柱の陰が怪しい感じかな？　誰か隠れていそうだ」

「ううん。そうかと思ったけど、違うみたい。むしろ」と彼女は降りたばかりの車を振り返って指差した。

「小山くんの車のそばに二つの球体が見える！　白い靄が固まったような球で、人の頭ぐらいの大きさ……尻尾がついてる……」

「青山墓地の幽霊かな？」

「違う。尻尾があるのは、他所の土地から来た霊魂よ」（注意・裏取りできませんでした）

「そうなんだ。知らなかった。……帰ろうか」

恋愛メーターがいつの間にか下がっていた。

「夜も更けてきたことだし」と言い添えたが、最初から夜更けなのである。彼女は素直に

「うん」とうなずいた。

ところが、だ。

エンジンが、どうしてもかからなかった。

バッテリーが上がってしまうようなことはしていない。

エアコンも車内灯も切っていたし、ＣＤコンポは死んでいた。でも、一向にエンジンがかからない。

困り果てていたところに、運好くタクシーが通りかかった。手を挙げて停まってもらい、運転手に事情を話すと、ケーブルを繋いで試してみようとあちらから申し出てくれた。

果たして、エンジンが蘇った。タクシーの運転手に御礼を言い、彼女を家まで送っていくことにした。

小山さんは窓を開けて車を走らせはじめた。夜風が気持ちよかった。しかし、すぐに彼女に窓を閉めさせられた。

「さっきの白い球が追いかけてきてる。車の中に飛び込もうとしてるから、窓を閉めて！」

窓を閉めてからしばらくして、小山さんが「どう？」と訊ねると、「もう追いかけてこないみたい。いなくなった」と彼女は答えた。

――人魂で　行く気散じや　夏野原　（南牕院奇誉北斎こと葛飾北斎）

公園の子どもたち

一九二三年（大正一二年）の関東大震災後の震災復興都市計画事業では、都内五五ヶ所に公園が造られた。新橋の桜田《さくらだ》公園もそのひとつ。東京市（当時）により昭和六年に開設されたそうである。その当時は桜田国民学校（後の桜田小学校）に隣接しており、今も運動トラックと《桜田国民学校》と刻まれた石碑に名残がある。

新橋に事務所がある自営業の奥村力哉《おくむらりきや》さんは、桜田公園をよく通る。事務所への往き帰りに公園を通り抜けると大幅なショートカットになるためだ。ベンチに腰かけて休んだことは一度もない。

昼飯どきは近隣のサラリーマンの憩いの場になっていて、自営業者の自分にはなじめない雰囲気を醸しているし、午前中は児童向きの遊具で遊ぶ幼い子どもたちと保護者の歓声がこだましており、既婚歴ナシ五〇代独身の身には眩しすぎて近づきがたい。

まだ奥村さんがうんと若かった頃、この公園の横には小学校があった。その頃の景色も少し記憶している。ずいぶん変わった、と思う。

小学校の校舎は改修されて、生涯学習センターになっている。駐輪場や公衆トイレは何度かリニューアルされてきた。植栽や公園の遊具も昔とは違う。

近頃は垢ぬけてモダンになった。たまに、ベンチに腰かけてみたい誘惑にかられる。

——いやいや。下手に立ち止まらない方がいい。また取り憑かれるといけないから。

発端は二〇一七年の冬だった。平日の午後二時すぎ、用があって公園を通り抜けようとしたとき、ふと視界の端で何かが揺れた。

見ると、ブランコだった。二つあるブランコのうち、一つがひとりでに大きく揺れている。誰かが力いっぱい漕ぐか、押して揺らすかして、立ち去ったばかりなのか？

奥村さんはブランコの周囲に、それらしい人物はいないか目で探した。

しかし、ブランコを含む自動遊具コーナーに人影はなく、少し離れたベンチで眠っている労務者ともホームレスともつかない初老の男がいるばかりだ。公園の隅の喫煙コーナーに何人かいるが、だいぶ離れている。

視線をブランコに戻した。まだ揺れている。いつまで揺れるものなんだろう？

ブランコが勝手に揺れる現象の多くは科学的に説明できるとされている。近くを通る電車や車による振動が、もしくは地震による揺れが、地面または近くの建物を揺らして、振り子の共振現象によってブランコが揺れるのだという。つまり振り子と同じように、振動の向き・周波数・チェーンの長さが近くの振動する何かと同期すれば揺れる。

——それにしても長い。ずっと揺れている。誰かが漕いでいるかのようだ。

興味深く感じた奥村さんは、揺れているブランコの動画をスマホで撮影した。

三分間のもの、一分のもの、一〇秒のものなど、何種類か撮って、まだ揺れているブランコを後にしてその場を離れた。

それから何日かして、今度は夜遅くに、ブランコがひとりでに揺れていることに気がついた。奥村さんは再びスマホで動画を撮った。

共振現象にしては、先日初めて見たという点が引っ掛かる。

毎日のように通っているのだから、何度か目撃していないのは不思議なことだ。近くで急に工事を始めたのならともかく……。

去年（二〇一六年）二月頃に駐輪場導入に伴う公園の大規模なリニューアル工事をした。それ以来、公園の周りはいたって静かなものだ。

動画を真っ先に見せる相手は、最初から決めていた。

――もしも幽霊なら、あや子叔母さんが見抜いてくれるだろう。

叔母さんと言っても、母方の祖母の一番下の妹だから、正確には大叔母ということになる。祖母の兄弟姉妹は一〇人あって、あや子叔母は末っ子。

祖母はすでに九四で大往生したけれど、あや子叔母はまだ七〇代で健在だ。奥村さんの母と歳が近くて昔から仲が良く、奥村さんは子どもの頃から彼女を敬愛していた。

あや子叔母は気さくで楽しい、活発な女性で、外見も内面もモダンな人だ。その一方で、たいへん霊感が強く、陰陽道《おんみょうどう》や風水の知識も豊富なのだった。


しばらくして奥村さんの実家に親戚が集まる機会があり、あや子叔母もやってきた。

ブランコの動画を見せると、あや子叔母は眉をひそめた。

「一〇歳くらいの男の子がブランコを漕いでいるよ。半ズボンでハイソックスを穿いている。あまり良くない気を感じるから、またブランコが揺れていても、リッキーちゃんは立ち止まっちゃいけないよ。知らんふりして通り過ぎなさい」

それから、あや子叔母は簡単な除霊の仕方を教えてくれた。粗塩をバスルームの床に敷いて、その上にまず右足で乗り、次に左足を乗せて、足もとをシャワーで流すと穢れが祓えるのだという。

奥村さんは粗塩《あらじお》を買ってきて、さっそく自宅でこの方法を試してみた。なんとなく気分がスッキリしたので、たぶんこれで大丈夫だろうと思った。


けれども年明け頃から、公園で怪しい女の子を見かけるようになった。奥村さんと同じように公園の中を通過する大人たちが多い朝の時間帯に、七、八歳の女の子が人の流れに逆らって近づいてきて、ちょっと離れた場所から奥村さんに笑いかけるのだ。

最初は、この近所の子どもだろうと推測して、気にも留めていなかった。

しかし、やがて、公園を通るたびに姿を見せることに気づいてから、これはもしかすると人間じゃないんじゃないかと疑いはじめた。小学校に行く時間だろうと思う日中でも、子どもは家で寝る時間だと思う夜更けでも、必ずいる。

例のブランコも、自分が通りかかると揺れはじめるような気がしてきた。そっちを見ないように注意しているが、視界の隅に入ってしまうことがあり、すると必ず揺れている。

春の夜一〇時頃だった。桜田公園を通って帰ろうとする奥村さんの前にあの女の子が姿を現した。

「リッキーちゃん！」

最近ではあや子叔母しか使わない、幼い頃の呼び名を大声で叫ばれて思わず振り向くと、息がかかるほど近々と真後ろに立っていた。

「リッキーちゃんて、不思議ちゃんだよね？」

口調にからかう響きがあり、一瞬、恐怖よりも腹立ちが上回った。

「ハア？　おまえ誰だよ？」

イライラと訊き返したら、スイッチを切ったかのように唐突に女の子が消えて、同時に、右の二の腕から右肩の辺に一〇キロは優にあろうかという重量がかかった。

呻いてたたらを踏みながら、反射的に左手で右肩を押さえようとしたが、奥村さんの手が触れたのは自分の肩ではなかった。

赤ん坊だか猿だかミイラだかよくわからない、得体の知れないもの。ゴツゴツと骨ばって、皺だらけの皮膚に、まばらに粗い毛を生やした何か——を思い切り左手で掴んでしまった。

ギャッと叫んで手を離し、目を剥いて右肩を見つめた。けれども、そこにはジャケットの布地に包まれた自分の肩先があるばかり。

しかし、すぐにそいつは、存在を誇示するかのように大声で喚きはじめた。

「ワオッ！　ワオッ！　ワオッ！」

奥村さんに取り憑いたものは延々と鳴きつづけた。耳が割れそうな大声で喚きたてているのに、人混みや電車の中で誰も振り返らないところをみると、他の人には聴こえないのに違いなかった。ジャケットを脱いでも、それは右肩から離れなかった。裸になっても、掻きむしっても、どうしても取れない。粗塩の除霊もよく効かない。除霊直後は声が止むが、二、三日で復活して「ワオッ！　ワオッ！」と喚きだす。

奥村さんは、私が最後にお会いしたときは、右肩の重さや喚き声のほかに、いくら食べても満たされない飢餓感や下半身の鈍痛などにも悩まされていた。あや子叔母に匙《さじ》を投げられてしまったので近いうちに専門家に除霊してもらうつもりだと彼は話していたけれど、その後どうなったのだろう。とても気がかりだ。

悪い土地

北村隆司《きたむらたかし》さんが一七歳のとき、父が長野県某所で安く売られていた土地を買って家を建てた。新興の建売住宅地の一角だと聞いていたが、住んでみたら、新築の家々の間の至るところに墓地が点在しており、住宅地から望める山の上にも墓地があることがわかった。奇妙な場所だといぶかしく思いながらも、一家はそこで暮らしはじめた。

引っ越した日に、北村さんは家の二階で朱色の振袖を着た七つくらいの女の子を見かけた。しかし一瞬、視界をよぎっただけで消えてしまったので気のせいだと考えた。

その夜、寝ている隆司さんを起こしに来る者があり、見れば喪服の中年男だった。夢だと判断した隆司さんは喪服の男の胸倉を掴んで殴り、部屋の外へ追い出した。

夢の中ではあるが、邪魔者は追い出したし、さて、寝直そう……と、思って部屋に戻ったら、ベッドに自分自身が仰向けになって眠っていた。

小さな頃にテレビの心霊番組で見た幽体離脱という現象を思い出した。こういうときは上に重なると自分の中に戻れると説明していたような気がする。

果たして、自分の上に寝そべってみたら本当に体を取り戻せた。

同時に、軽く落下したような衝撃があり、思わず飛び起きた。すると、寝る前に閉めたはずの部屋のドアが開いていて、手の指の付け根が真っ赤になっていた。拳で人を思い切り殴った直後であるかのように。

それからも頻繁に怪現象に悩まされ、彼は一八で家を出て住み込みで働いていたが、二十歳以降で二度も罪を犯して服役した。

その間に、父は心筋梗塞で三回倒れ、母は喘息にかかったうえ、怒りっぽい性格に変わって、四六時中ヒステリックに喚き散らすようになった。弟はアルコール中毒になり、借金返済を滞らせてトラブルを起こした。

身内の者も引っ越してから七年間で七人、一年に一人ずつ亡くなった。死因はさまざまで、中には二〇代の従兄もいた。

近所にも、同じように不幸が積み重なって主が自殺した家や家族の病死が相次ぐ家があった。

しかし、こういうことはすべて偶然だろうと思っていた。

けれども、最近になって北村さんは、この住宅地が埋葬時代の墓山を改葬せずに造成されたことを知った。そのため古くからの界隈の住人の間では、この住宅街がまるごと忌み地とされているのだという。

姉

姉はいつもうつむいていた。

暗い顔とひと口に言い表すことすらはばかられる、思いつめた気配を瞬きの少ない眼や真一文字に引き結んだ唇に漂わせて、いつもわずかに震えているような。

顎が細く尖った小さな顔で、沖縄の人のように目もとが深い。本来とても綺麗な少女のはずなのに、陰に籠った表情と猫背のせいで老けて見えた。

中学生の頃の姉を思い出すたび、懐かしさと怖さとがないまぜになった複雑な気持ちに囚われてしまうのだと桜井《さくらい》美咲《みさき》さんは語る。

美咲さんは三姉妹の末っ子だが、二人いる姉のうち長女の里実《さとみ》さんとは一〇も歳が離れていたうえ、母が里実さんだけを別格に置いてお姫さま扱いしたので、同じ屋根の下にいても疎遠だった。

美咲さんが「姉」と思うのは五つ上の花江《はなえ》さんのみで、物心ついた頃から後ろをついてまわった。と言っても仲が良かったというのとは違って、どっちを向いても冷たい家庭の中で、しがみつける相手が花江さんしかいなかっただけ。母は花江さんと美咲さんをクズ呼ばわりし、ただ飯喰らいと罵《ののし》った。父は躾《しつけ》と称して、二人が少しでも歯向かうと木刀で殴った。

自分が育ったのは特殊な家庭だったということを、子どもの頃の美咲さんは知らなかった。一家は最初とても裕福で、家事は全部お手伝いさんがやり、三姉妹は宮家の姫さまが着ていそうなオーダーメイドのワンピースやアンサンブルを着せられていた。

父は建設業を営み、起業したときからずっと良い波に乗りつづけていた。彼は群馬県と栃木県の県境近く、渡良瀬川《わたらせがわ》の近くに広い土地を買って邸宅を構えた。住むところ、乗る車、着るもの、食べるもの、初めのうちはすべてが豪華だった。

しかし、その立派な家の中で美咲さんと花江さんは母にいびられ、父に殴られ、家族団欒というものを知らず、変わった服を着ているせいで学校では苛められた。

九〇年代に入って父の事業が傾きはじめると、状況はさらに悪化した。お手伝いさんがいなくなり、母はパチンコ狂いになった。また、長女の里実さんは中学から私立へ進学できたが、次女の花江さんは経済的な事情から地元の公立中学校に行かざるをえなくなった。

花江さんは小学校の頃から苛められていたが、中学では苛めが激しくなり、そのストレスのせいで、一年生の夏休み頃から、しつこく手を洗うようになった。

それは、帰宅した折や食事の前などに、時間をかけて、爪の間から肘まで石鹸で丁寧に洗うことから始まった。洗っている時間は初めの頃は一〇分程度で、洗面所で見かけた美咲さんが「ずいぶんきちんと洗うんだな」と感心する程度だった。が、だんだん長くなり、ときには三〇分以上、手を洗っているようになった。しかも、家にいるときでも頻繁に。

こうなると、小学生の美咲さんにも花江さんの心が病んでいることが察せられたが、両親と長女は無関心だった。心配するどころか、母に至っては「アライグマ」と呼んで嘲笑し、かえって花江さんを邪険にした。

花江さんが中三、美咲さんが小五の夏休みのことだ。

その頃には花江さんは、もう誰の目にも精神を病んでいるのがわかるほど、暗く張りつめた顔つきになっていた。潔癖症は悪化して、日に何度も長時間、手を洗うせいで、皮膚が乾燥して皺だらけになり、手だけ見ると老婆のようだ。

夏休みになると、花江さんは自室に引き籠もりがちになった。外出するのが怖いようで、美咲さんが図書館に行って花江さんの分まで本を借りてきてあげると、静かに部屋で読んでいた。二人で隣り合ってそれぞれの夏休みの宿題をしたときもあったが、花江さんの学校の教科書やプリントがどれも破かれて、テープで貼り合わせてあったので、美咲さんはすぐに落ち着かない気分になり、勉強に身が入らなかった。

花江さんが大人しくて物静かなことが、かえって不吉に感じられたのだという。じわじわと水位が上がってきていて、もうすぐ溢れ出して大変なことになりそうなのに、手をこまねいている。そんな心境で、美咲さんは花江さんと夏休みを過ごしていた。

やがて八月になり、花火大会の日になった。

桜井家では、美咲さんが生まれる前から、栃木県足利市の花火大会に一家全員で参加する習慣だった。父の会社が協賛していたので、父には町の〝お偉いさん〟同士の礼儀として顔を出す必要があって、彼らはみんな妻子を伴ってくる習いだったから、日常どれほど荒んでいようとも、このときは家族全員で行かなくてはならないとされていた。

また、浴衣姿の三姉妹を仲間に褒めさせて、「自慢の娘たちです」と言うのを、父は毎年楽しみにしていたようでもあった。

だから、花江さんが花火大会に行くのを拒んで部屋に逃げ込もうとしたときの、父の剣幕は凄まじまかった。結局、木刀でどやしつけて無理やり花江さんを引っ張っていったが、花江さんは終始めそめそ泣いていて、人前に出せなかったので、父の腹立ちは治まらなかった。

花江さんは玄関に入った途端に殴りかかってきた父から逃れ、バスルームに駆け込んだ。父はそれを見て、鼻を鳴らして軽蔑を表し、二階に立ち去った。母と長女の里実さんも二階へ上がった。三人が二階にある両親の寝室に付いたバスルームを使うつもりなのが美咲さんにはわかった。長女の里実さんはたまに両親のバスルームを貸してもらっていた。花江さんと美咲さんにはもちろん許されていない。

やがてバスルームからシャワーの音がしはじめたので、美咲さんが扉を細く開けて、隙間から覗いてみると、花江さんは身に着けていたものを全部、巾着袋や帯まで、床に広げて洗っていた。

背中から肋骨が一本一本数えられるほど痩せて青白く、新旧の痣が腰や太腿を醜いまだらに染めている。しゃくりあげながら、ほとんど息だけの声で何か呟いているので、鼓膜に神経を集中させると、

「……死にたい……死にたい……死にたい……死にたい……死にたい……死にたい……死

にたい……死にたい……死にたい……死にたい……死にたい……」

と、繰り返していた。

美咲さんは膝がガクガクしておしっこを漏らしそうになった。花江さんが振り返りかけたので、慌ててバスルームの戸を閉めた。場をごまかすために大声で、「お姉ちゃん、私もシャワー浴びたい！」と言うと、意外に普通の……だからこそ、さらに怖くなるような口調で花江さんが応えた。

「わかった。もう少し待って。今、いろいろ洗ってるから」

「巾着袋や帯なんか、洗ったら駄目になるよ。もう使えなくなっちゃう」

「駄目になっても、洗わなくちゃ。花火会場にはたくさん人がいたから……」

「でも、お姉ちゃん、もうすぐ九時だよ？」

夜九時が美咲さんと花江さんの消灯の時刻で、九時を過ぎても明かりを点けて起きているのが父にわかったら、木刀で殴られる。父が不在のときは母に口汚く罵られてベッドに追いやられるだけだが、今夜は父が家にいる。

「私、殴られたくない！　お姉ちゃんも厭でしょう？」

「……ああああああああああああ！　めんどくさいなぁ！　わかったよ！」

花江さんが濡れた浴衣や帯などを抱えて、バスルームから出てきた。美咲さんは素早く裸になって入れ違いにバスルームに入り、急いでシャワーを浴びた。

髪を拭きながら二階の自分たちの部屋に行くと、花江さんはもうベッドに入っていた。花江さんが上の段、下の段が美咲さんと決まっていた。美咲さんは小声で「おやすみ」と花江さんに声を掛けて、部屋の電気を消した。


花火大会の翌日から、花江さんは美咲さんと二人きりになると「死にたい」と漏らすようになった。

図書館で借りてきてほしいと頼まれる本も、死や自殺、死後の世界を想起させるものが多くなり、美咲さんは不安を募らせた。

テレビもゲームも原則禁止されていたから、図書館で借りてくる本は二人の唯一の楽しみだったのだが。

「お姉ちゃん、私こんな『完全自殺マニュアル』なんて本、借りてくるの厭だ！」

「読みたいんだけど」

「じゃあ自分で図書館に行ってよ」

「学校の子たちが来てるかもしれないから行きたくない。……もういいよ、借りてこなくて」

花江さんがあきらめてくれたことにホッとして、美咲さんは図書館へ行った。自分用の本を借り、花江さんのためにも何冊か、コミカルなSF小説などを選んで借りた。

帰宅して、「こういうのを読みなよ!」と本を差し出すと、ひょっとすると怒らせてしまうかもしれないと思っていたのに、花江さんは機嫌よく受け取ってくれた。

「ありがとう」

その夜は、両親が一緒に車に乗って出掛けてくれたので、二人はめいめい懐中電灯をベッドに持ち込んで、遅くまで本を読みふけった。部屋の灯りを点けないのは、両親が帰ってきたとき窓が明るいのを見られたら怒られるからだ。

夜の一〇時すぎ、ベッドの上の段から花江さんが下りてきた。黙って部屋から出ていくので、美咲さんは慌てて後を追った。

自殺するのではないかと心配したのだ。

花江さんはドアが開きっ放しになっていた隣の部屋に入り、椅子に腰を下ろした。勉強をするときなどに使う部屋で、四角いテーブルと四客の椅子、本棚がある。花江さんは部屋に入るとき電気を点けなかったから、照らすものは月明かりだけだ。

わけのわからない母親の趣味で、この家の姉妹は寝るときは四季を問わず浴衣を着ることになっていた。外出するわけではないから帯はせず、伊達締めだけ巻いて寝る。

違う浴衣なのに、美咲さんはこのとき、花江さんの姿を見て、花火の晩のことを思い返して、心臓が締めつけられる心地がした。

花江さんがまた泣いていたからかもしれない。

「何をしているの？　ベッドに戻ろう？」

姉は「ヤダ」と変に幼い口調で応えた。

「ねえ、美咲ぃ……。渡良瀬川に行かない？」

途端に、入水自殺する姉のイメージが美咲さんの頭に浮かんだ。

「今から？　もう遅いよ。お父さんとお母さんが帰ってきたら、私たち殺されちゃう」

「自転車で行けばすぐだから。ね？」

姉は立ちあがり、「行こう？」と言うなり、美咲さんの横をすり抜けて部屋から飛び出した。素足の足音が階段の方へ遠ざかる。

「待って！」

美咲さんは必死で後を追いかけた。姉は風のように階段を駆け下り、玄関へ——。

「お姉ちゃん、待ってよ！」

「ついておいで」

姉が浴衣の裾をはためかせて自転車で前を走る。追いかける美咲さんは玄関に出ていた自分のサンダルを咄嗟に履いてきたが、花江さんは裸足のままペダルを漕いでいる。

玄関を出てから三分もかからず、渡良瀬川の河川敷に着いた。

自転車を停めて川に向かって歩き出す花江さんについてゆくと、川のせせらぎが耐え難いほど大きく聞こえてきた。辺りに人影はなく、河川敷を二人で借り切ってしまったかのようだ。美咲さんは心細くてならなかった。

「お姉ちゃん、帰ろうよ」

花江さんは答えず、痛そうな素振りも見せずに裸足で小石だらけの川原を歩き、川べりに着くと真っ暗な水面を見つめて佇んだ。

川向うも川面も暗闇に包まれている。月は雲を被って光が鈍く、街灯からは遠い。

八月にしては驚くほど冷たい風が川の向こう岸から吹いてきて、浴衣の裾を吹き抜けていった。美咲さんは鳥肌を立てて、花江さんを説得にかかった。

「もうお父さんたちが帰ってくるよ。先に家に戻っておかないと木刀で殴られちゃう」

「私、死にたい」

姉の声は風の音のようだった。川面を撫でてできた冷たい空気が唇の隙間から噴き出しているような。

「私、死にたいの」

そう姉は再び囁いたかと思うと、激しい水音を立てて川の中に入っていった。たちまち細い体が闇に吸い込まれる。姿を見失うのは、あっという間だった。

「えっ？　お姉ちゃん？　お姉ちゃあんッ！」

いくら呼んでも叫んでも、花江さんは戻ってこなかった。

美咲さんは川に入って姉を探そうと思ったが、ジャボッと片足を水に踏み入れたら、くるぶしぐらいと予想していたのに、一気に膝の下まで沈み込んだので、恐ろしくなってそれ以上前に進めなかった。

よくこんな恐ろしいところへ入っていけたものだと驚き、姉は本当に死ぬ気だったのだとあらためて思い知らされた。

川岸でいくら泣き喚いても姉の返事はなかった。美咲さんは泣きながら自転車を漕いで家に戻った。ちょうど玄関の前に着いたとき、両親が乗る車が門から入ってきて、ヘッドライトが美咲さんを照らした。

美咲さんは自転車を置いて、車の方へ駆け寄った。

「お姉ちゃんが川に入っちゃったの！」

「里実は？」と母が美咲さんに訊ねた。

「……部屋で寝てると思う。それより、本当に、お姉ちゃんが川に！」

「またそんな嘘を吐いて！」

母は美咲さんを押しのけて玄関に入り、足音も荒々しく階段を駆けあがると、美咲さんたちの部屋へ行った。美咲さんと父も後に続いた。美咲さんが自分たちの部屋に着いたときにはもう、明るくした部屋で母は二段ベッドの梯子に片足を掛けていた。

「花江！」

母は、バッと放り投げる勢いでタオルケットを捲ったが、部屋に入った瞬間からそこに花江さんが横たわっていることは誰の目にも明らかだった。

美咲さんは腰を抜かして床にしゃがみこんだ。

「ほら、花江はここにいるじゃないか！　美咲、おまえはどこに行こうとしていたの！」

美咲さんは目をみひらいて二段ベッドの上を見つめたまま、首を横に振った。

「違う！　お姉ちゃんを追いかけて渡良瀬川に……そしたらお姉ちゃんが死にたいって言って川の中に入っていっちゃって……探そうとしたけど暗くて……」

「いい加減にしなさい！　花江もちょっと起きて。寝てたのよね？……あらっ？」

花江さんを揺り起こそうとして、母は急に動作を止めた。梯子をさらに一段登り、花江さんの上に上半身を屈めながら、タオルケットを全部、除けた。

「どうしてこんなに濡れてるの？　髪の毛もグッショリじゃないか！　全身ズブ濡れだよ。花江？　花江！　しっかりしなさい！　目を覚まして！」

乱暴に揺すられて花江さんは目を覚ましたが、キョトンとして、わけがわかっていないようすに見えた。母が花江さんをベッドに座らせて、濡れそぼったシーツの端を捲ってみたら、マットレスまで水が滲み通っていることがわかった。

両親は、最初、花江さんがシャワーを浴びて体を拭かずに寝たのだろうと推理した。

しかしそうすると説明がつかないことがいくつかあった。二つあるバスルームはどちらも何時間も使った形跡がなく、床が乾き、バスマットも湿っていなかった。

また、バスルームで濡らした体を拭かずにベッドに入ったら、通ったところが濡れるはずだが、廊下も部屋の床も二段ベッドの周囲でさえも、水滴すら落ちていなかったのだ。

水の量も、入浴後に体に付いていただけとは思えず、寝ている花江さんの上にバケツで水を二、三杯ぶちまけたようだったが、バケツのようなものを使った形跡もない。

あまりの不思議さに、父と母は美咲さんの話に徐々に耳を傾けはじめた。美咲さんは経緯をなんとか説明しようとし、途中、花江さんにも証言してくれるように求めた。

「私、何にも憶えてない。ずっと眠っていたと思う。どうして濡れているのかなぁ?」

花江さんは心底、驚いたというそぶりで、自分の体を見回し、そろりそろりと梯子を下りて、床に立った。

するとそのとき、両親も美咲さんも、花江さん自身も、花江さんの足が泥で汚れていることに気づいた。

「ほら! 私は嘘なんか吐いてないもん! お姉ちゃんは川に入ったんだよ!」

「でも、おかしいでしょう? 川から飛んでこない限り、不可能だわ」

「だけど本当なんだよ! 信じてよ!」

「まあ、二人とも落ち着きなさい」

父が美咲さんと母の間に割って入った。

「花江はシャワーを浴びて着替えなさい。お母さんは花江に着るものを出してやって。……美咲は、少しお父さんと話そう」

二人きりになると、父は美咲さんに、「おまえは夢遊病なんじゃないか」と言った。

美咲さんは否定した。そして、花江さんの自転車を河川敷に置いてきたことを思い出した。あの自転車が姉と一緒に川に行った証拠になると思った。車で帰宅したとき父は美咲さんが自転車にまたがっている姿を見ている。

そのことを父に話し、おそるおそる、一緒に河川敷に行ってほしいと懇願したら、父も自転車を放置しておくのはまずいと思ったのか、怒らずに承諾した。

美咲さんの自転車に父と二人乗りして、河川敷を訪れた。

父が漕ぎ、美咲さんが背中にしがみついて行った。こんなことをするのは後にも先にもこれっきりだろうと美咲さんは考えた。なんとも奇妙な夜だった。

ポツンと立っている自転車の影を見つけて、美咲さんは指差した。「お姉ちゃんの自転車だよ」と父に告げると、父はひと言、「ああ」と驚いたような声で応えた。

姉の自転車は停めたときのまま、変わったところはなかった。父がそれに乗り、美咲さんは二人乗りしてきた自分の自転車を漕いで、二人とも無言で夜道を帰った。

この一件を境に、花江さんは変わった。

翌朝には潔癖症に特有の行動が一切消えており、表情も姿勢も正常になっていた。

「姉は、たった一晩で大胆不敵で率直な、勇敢な人に変身しました。両親に敢然と立ち向かうようになって、自分が入りたい高校に進学し、大学在学中に海外に短期留学して、二八歳で結婚しました。今は三人の子どものお母さんです。

群馬には、上州名物として《嬶天下と空っ風》という言葉があるんですけど、まさに姉はそんな感じの、働き者で強い女性に変わったんです。

あの夏休み明けは、姉の学校ではちょっとした騒ぎになったようでした。姉を苛めていた連中がいちばん驚いていたそうですよ。黙ってやられっぱなしになっていた姉が、ポンポン言い返すわ、正々堂々と先生に報告するわ、叩けば叩き返すわ。すぐに苛めが止みました。

でも……今の姉は、本当に私のお姉ちゃんなんでしょうか？

あの晩、本当の姉は渡良瀬川で死んで、その後、姉として生きているのは別の人なんじゃないかと、私はときどき思ってしまうんです。

私の夫に昔のアルバムを見せたら、姉の顔が途中で急に変わるので驚いていました。まったくの別人に見えるって」

慰霊碑の煙草

東日本大震災の被災地で復興工事に携わっている佐藤健二《さとうけんじ》さんが語った逸話。

二〇一一年の八月、初盆を迎えるにあたり、宮城県仙台市若林区の荒浜小学校の近くに津波の犠牲者を慰霊するモニュメントが建てられたと聞いて、職人仲間と連れだって訪れた。

正午頃に到着すると、慰霊碑の前には先客が六人ばかりいた。男女半々ずつだな、と、思っていたら、三組の夫婦だとわかった。そこに集まった誰しも、身内を亡くしており、お互いに挨拶がてらに会話したのだ。

辺りを見回すと、だいぶ片付いてきてはいるものの、あちこちにまだ瓦礫が積まれていた。

更地に均された空き地に雑草が繁り、入道雲と青空と草の緑が爽やかなコントラストを成している。

こういう景色は、いけない。

在りし日の町や人々が勝手に二重写しに見えてくるから。

モニュメントの前で、持ってきた線香を取り出して火を点けようとしていたら、三組の夫婦の中から男が一人、紙巻煙草を吸いながら近づいてきた。

奇妙なことに、彼は、もう一本、火の点いた煙草を持っている。

何をするのだろうと注目していると、手に持っていた方の煙草を焼香台に置いた。

その煙草は、みるみるうちに灰になって崩れた。

驚いて男の方を振り向くと、こちらが何か言う前に彼は口を開いた。

「弟は煙草が好きだった。煙草をあげると、毎回こうなるんだよね」

ビッタンビッタン

東日本大震災の被災地で復興工事に携わっている佐藤健二さんは語る。

震災からしばらくすると、復興関連事業で人が大挙して被災地を訪れるようになった。仮の宿を求める被災者も多く、宿泊施設が必要とされだして、被災地に突貫工事でホテルなどを新築する計画が次々に立った。

二〇一二年一〇月頃のこと。石巻《いしのまき》市のホテル建設現場に資材を運び、夜の七時に到着した。

工期が短いので、ここでは毎晩九時まで作業すると聞いていた。現場監督と打ち合わせをしながら工事中のホテルを案内してもらって、作業時間内に在庫確認をする予定になっており、出迎えた現場監督について建物内に入った。

すると呆れたことに、作業員が全員イヤホンを両耳に挿して音楽を聴いているではないか。床にラジカセを置いてロックミュージックを大音量で流している階もあった。

通常、どこの建設工事の現場でも、イヤホンの使用は禁止されている。ラジカセのボリュームを大きくすることもタブーだ。危険を知らせる仲間の声が聞こえなければ命に関わる。落下音や軋み音などを敏感に察知する必要もあるのだ。

「これはいかん！　この現場は変ですね。なぜ好き勝手にやらせておくのですか？」

「そのうちわかりますよ」

「……納得できませんが、資材の在庫を確認したいので、案内してください」

「お宅の商品は、ここの最上階にあるだけですが……」

「わかりました。最上階ですね？　ひとりで行けますから、持ち場に戻ってください」

「そうですか。では、終わったら工事事務所に声を掛けてください。外のプレハブ小屋です」

最上階に行くと、屋内には作業員たちの姿がなかったが、屋根の上を大勢が歩き回っていた。一〇人分もありそうな重い足音だったので、思わず考え込んでしまった。

——夜になっても屋根やさん（屋根工事の専門業者）を何人も働かせるなんて、いったいどういうことだろう？　……そうか、この現場は工期が短すぎて、よっぽど追い詰められているんだな！　みんな頑張りすぎてストレスが溜まっていて、だから音楽を聴くことを大目に見ているのかもしれない。なるほどなぁ！

　天井はまだシーリングを施しておらず、鉄骨が剥き出しだ。足音は縦横斜めに動き回り、たいへん忙しないようすだ。

　気にせず在庫を勘定した。数え終わって時刻を確認すると、すでに八時を回っていた。

　屋根の上ではまだ作業が続いている。よくやるなぁと感心しながらエレベーターのボタンを押して、ゴンドラを待つ間に照明のスイッチを切った。

　すると、室内のどこかから、床を濡れたタオルで叩くような音が聞こえてきた。


　ビッタン！　ビッタン！　ビッタン！


　だんだん音が接近してきたので不気味に思い、意味がないとわかっていても、思わずエレベーターのボタンを連打してしまった。音の感覚が狭まってきて、ビタビタビタビタビタビタビタビタビタビタッ……と、こちらに迫ってくる。

　もう足もとまで来たかもしれない。髪の毛が逆立ち、祈るような思いでエレベーターの出入口にかじりついていたら、ようやくゴンドラが着いた。中に転げ込んで〝閉〟のボタンを押した。

扉が閉まる寸前まで、天井の足音も続いていた。ふと、あのビッタンという音は、屋根で何か作業をしている音が室内に変なふうに伝わったのかもしれないと思いついた。

——怖がる必要はなかったのだ。しかし気持ちが悪い音だった。


外に出て、プレハブの工事事務所の戸を叩いた。現場監督が出てくると、過剰に興味深そうな目つきをして、「どうでした？」と訊いてきた。

「どうって？　普通に在庫を勘定しましたよ？　ああ、そうだ！　こんな遅くまで屋根やさんが作業しているなんて、大変なんだなぁと思いました」

現場監督はニヤリと笑い、「振り返って、屋根を見てみるといいですよ」と勧めた。

そこで言われたとおりに見てみたところ、工事中の建物は闇に包まれ、屋根の上には誰もいなかった。

「今日は屋根やさんは呼んでいません。みんな音楽を聴いてごまかしていますが、夜遅くなればなるほど激しく騒ぐので、私ら全員、早めに帰るようにしているんですよ。……ビッタンビッタンも出ましたか？」

ほういちさん

東日本大震災から数ヶ月もすると、被災地で比較的簡易な宿泊施設が盛んに造られるようになった。さまざまな作業のために人の流入が激しくなって需要が生じたのだ。

宮城県の気仙沼で建設されていた某ホテルの工事現場でのこと。

内装工事会社の資材管理を担当している佐藤健二さんは、その工事現場に週一回のペースで通い、訪れた日の夜は工事作業員の宿舎に泊めてもらっていた。

最初の夜には、現場所長のはからいで、宿舎でささやかな飲み会が開かれた。参加したのは、現場所長、現場主任、現場監督、その他の関係者と佐藤さんの計八人。

現場主任と現場監督は七〇近く、現場所長より年上だった。彼らの自己紹介によると、二人とも阪神淡路大震災の復興工事の折の神戸でも同じ仕事をしていたそうだ。

東北の被災地で工事現場が数多く組まれ、人手不足に陥った建設会社が、全国から職人や現場監督などを掻き集めているという話だった。

やがて、現場主任が、神戸の被災地でお化けを見た話を語りはじめた。

「わしがおった神戸の現場では、汚れたランニングシャツを着た中年男が匍匐前進をしてきたもんや。わしらは〝ダイ・ハード〟と呼んでましたで」

それを聞いて現場監督が口を開いた。

「ここにもおるで。昼でも休憩所の自販機の前に立ってるさかい、佐藤さんも、そのうち見れる」

「あれは凄い、力の強い幽霊や思いまっせ。幽霊は決まった所にじってしとるのが多いけど、休憩所の前だけちゃうく、だんだん、だんだん、じわぁっと、造りかけのホテルの中まで入ってきよった！　わしらは《ほういちはん》と呼んでます」

「私が名づげさせでもらいました。全身縞模様で坊主頭なんだっちゃ。耳なし芳一さ似でっから《ほういぢさん》」と、これは地元出身の現場所長。

現場主任によれば、復興工事ラッシュで地鎮祭を司る神主が足りず、呼ぶことができなかったので、いちばん年長の彼が主導して、地鎮祭ふうの儀式をやったのだそうだ。

「そやさかい《ほういちはん》が出てくるようになったのかもしれへん。わしんせいです。せやけど、結果的に助かってるんやで。なあ？」

話を振られた現場監督が説明した。

「《ほういちはん》が泥棒を脅かしてくれるお陰で、この現場からは物が盗まれたことがおまへんのや。この辺りでは資材泥棒が横行しておって、どこも頭を抱えていますわ。せやけど、うちは《ほういちはん》が泥棒を追い返してくれるんでっせ」

「ほんまに、ほういちさまさまでっせ！」


それからしばらくして、佐藤さんも《ほういちさん》を目撃した。

工事現場のそばに設けられた休憩所で、自動販売機の前にぼんやりと佇んでいた。

血の気の感じられない薄灰色の肌を、毛筆を使って墨汁で描いたような横縞が覆っていた。全裸のようだが、男にしては性器が目につかないから、パンツを穿いているのかもしれない。穿いているとしたら、パンツの上からも縞が描いてある。

眺めていると、作業員が平気なようすで近づいていって、《ほういちさん》の横を素通りして、自販機にコインを入れて缶コーヒーを買った。

作業員は《ほういちさん》には一瞥もくれなかったが、佐藤さんに気がつくと、「おらだづには何にもしねがら大丈夫だよぉ」と暢気な顔で笑いかけてきた。

失礼しました!

後藤文夫《ごとうふみお》さんは大分県の田舎育ちで、子どもの頃は近在の農家ではボットン便所（汲み取り式の便所）が普通だったという。

五歳の頃、幼稚園の帰りがけに、ろうせき（蝋石）で道路や塀に落書きして遊んでいたら、グーッと下腹が絞られる感じがした。

と、思ったら、たちまち便意が膨らんだ。

大を漏らしては大変だ。家までは、もちそうにない。後藤さんは焦る眼を四方に走らせた。

トイレ、トイレ！　どこかにトイレは無いか？

残念ながら公衆便所は見当たらなかったが、落書きしていた路地に面して家が建っていた。

開いている門から飛び込むと、庭先にお婆さんがいた。

「おトイレ貸しちくりい！」

おばあさんは「そこちゃ！」と庭の隅の小屋を指差した。

冷や汗を掻きながら走っていって、小屋の扉を開けた。

典型的なボットン便所だった。和式便器の縁から、真っ白な女の人の腕が突き出していなければ。

床に掌を伏せてじっとしていたが、今にも動きだしそうに生々しい腕だった。

「失礼しました！」

後藤さんが生まれて初めて丁寧語を使った瞬間だった。便意は引っ込んでしまったとのことだ。

羅生門と彼岸花

京都府南区唐橋羅城門町《からはしらじょうもん》といえば、平安京の表玄関・羅城門のあった所で、現在は児童公園の中に羅城門跡の石碑が建っている。この界隈は洛中と呼ばれる古くからの京の町だが、一九六一年生まれの伊藤浩《いとうひろし》さんが子どもの頃には田畑もあり、夜道はたいそう暗かった。

伊藤さんが五歳の頃というから、今から五〇年以上前になる。当時は羅城門跡からほど近い通りに月に三回も夜店が並んだ。伊藤さんの記憶では「八」が付く日だったという。

東寺で毎月二一日に催される弘法市（弘法さん）とこの夜店が、幼い頃の伊藤さんにとって、なくてはならない楽しみだった。

東寺も羅城門跡も、子どもの足で歩いても、家から数分の距離だった。ついでに言えば幼稚園も近所にあり、長男である伊藤さんはこの頃には付き添いなしで通園していた。弟が生まれたばかりで母と祖母は赤ん坊の世話にかかりっきりで、祖父と父は多忙で外出しがちだったのだ。

だから五歳の伊藤少年が、夜店や縁日が立つたびに、家人からお小遣いを貰ってひとりで遊びに行くようになったことには何ら不思議はないのである。

家から羅城門跡近くの夜店の往き帰りには、電気が一個も灯っていない真っ暗な畑の中を一〇〇メートルばかり通らねばならなかった。自立心旺盛な伊藤さんでも、ここを歩くのはいつも少しばかり怖かった。両脇が畑になった一本道だ。横道にぶつかる前後の角に街灯がポツンとあるだけで、間には何も無い。人通りも乏しい。

夜店がいちばんにぎわうのは夜の七時から八時くらいで、八時を過ぎると人出が寂しくなってくる。露店は九時頃に店じまいを始めるから、伊藤さんも日頃は八時には家に帰っていた。その頃なら畑の道にも人影があったので。

しかしその晩は、どの露店に見惚れていたものか、夜店を後にしたときには九時をすぎていた。

畑に挟まれた一本道の端に立ったら、案の定、誰もいない。

ほんの少しの距離のはずが、あっちの街灯が変に遠く感じられた。勇気を出して歩きだすと、少しして、街灯の手前に黒い影が立っているのが目に入った。

人のようだが、下半身が見当たらない。

上半身だけの黒い人影だ。

それが、スーッと滑るように向かってきた。横を向いたまま、畑を背にして宙を移動して接近してくる。

見てはいけないものを見てしまった。後悔したが、ここは思い切って駆け抜けてしまえと決意して、全速力で前を通りすぎて駆け抜けた。脇目も振らずに家に帰ると、真っ先に会った祖父をつかまえて息せき切って報告した。

「あんね、畑んとこでね、けったいなもんがヒューッと飛んできて、怖かったから、後ろも見んで走ってきてん!」

祖父は真面目な顔で訴えを聞き、ウンウンとうなずいて曰く。

「こん辺はな、羅生門ゆうて、昔は鬼が住んどって夜になると人は通らへん所やった。そへんな物ノ怪ん棲んどった辺りなんやさかい、お化けが出ても不思議はあらへん」

伊藤さんの祖父は洛中育ちであることを誇りに思っていたようで、郊外の、たとえば桂のような洛外を田舎あつかいする癖があった。

そんな祖父が桂の肺病院（結核治療の専門病院）に入院することになったのは、伊藤さんが小学校の二年生の頃だった。

「なんやこん病院は！　どっちゃを向いても山ばっかりやないか！」

祖父は入院早々に不平を漏らしていたが、結核で入院したのだから、病院の周りが山だろうが関係ない。寝ているほかない祖父を、伊藤さんも父か母に連れられてお見舞いに行った。

ある日のこと。いつもは日が高いうちに訪れるところ、このときに限って黄昏どきに父と二人で病院に来ていた。父と祖父が難しい話をしはじめたため、退屈した伊藤さんは病院を探検することを思いついた。

この病院は、祖父の言い草ではないが確かに山の樹々に囲まれているせいか、昼でも病棟の中が薄暗い。ましてや夕方は、廊下などは薄墨を流したように仄暗かった。

その薄暗い廊下を歩く人影があった。伊藤さんはその人の後をつけていった。

すると人影が廊下の途中で部屋に入ったので、伊藤さんも続けて入ってみたが、室内は無人で、ミカン箱や空いた棚が壁際に少し積まれているだけだった。

隅々まで探したけれど、誰もいない。

胸に疑問の塊がつかえて呼吸が変になりそうな気がして、急いで祖父の病室に戻ると、父が伊藤さんの帰りを待っていた。

「どこ行っとったんや？　今からお祖父ちゃんために買いモンをしいやくるさかい、ここでお祖父ちゃんと話をしもって待っとってくれ。お祖父ちゃんな、一日も早う退院どしたいんかて。ほんまにどへんしよかいな……」

伊藤さんは祖父と二人きりになった。

「お祖父ちゃん、なんですぐに退院したいって言うてるん？」

「……あんまりいかいな声で言えへんが、こん病院がなんとなく気持ち悪いんや。夜になったら、あっちゃこっちゃ歩き回る人がおる。看護婦（現・看護師）はんの巡回とはちゃうよ？　得体ん知れへんモンが夜じゅうバタバタすんにゃ。気になって眠れへんかったら……ゆんべ、ベッドに横になってるわしん手を握ったやつがおいやした！　明らかに手ん感触が残っとったから夢ではおまへん！　ここは、かなん。よう、かなん！」

その後、伊藤さんが中学校に上がるのと時期を合わせて、一家は洛外に引っ越した。

畑と雑木林の合間に家が建っており、家のそばを流れる川に欄干のない木造の橋が架かっていて、よく橋の上で時代劇の撮影をしていた。制服姿の中学生より丁髷を結ったお侍や浪人者の方が似合う景色に、洛中から来た伊藤さんは「なんじゃここは！」と、当初は眩暈《めまい》がする思いだったという。

そんな彼が中二か中三のときに、クラスメイトの女の子が学校の校門の前でトラックに轢かれて死亡する事故があった。

それから三ヶ月ほど経ったある日、同じクラスの生徒が、伊藤さんを入れて六人集まって、夜の教室でコックリさん遊びをすることになった。誰が言い出しっぺかわからないけれど、女子二人と男子が伊藤さんを含め四人、めいめい家から懐中電灯を持ってきて、校舎に忍び込んだ。時刻は午後八時頃だった。

一時間ほど雑談して、コックリさんを始めたのが九時頃のこと。最初は一〇円玉がまったく動かず、「なんや、やっぱり動かないやないか」と一同落胆していたら、急にビュッビュッと勢いよく一〇円玉が滑りはじめた。

《そこのじんじゃにいるものだ》

《なぜこっくりさんをしているのか》

そこで伊藤さんたちは、亡くなったクラスメイトの女子を呼び出していろいろ訊いてみたいと思い、そのようなことをコックリさんに願ったのだが――。

《ほんきでいたんでいる（悼んでいる）わけじゃないだろう》

《おまえたちぜんいんのろってやる》

これには全員が戦慄してしまって、蜘蛛の子を散らすようにワッと教室から逃げた。

するとどういうわけか一人は階段から落ちて足を骨折、別の一人は学校の柵を乗り越えるとき着地に失敗して足首を捻挫……という具合に、その夜のうちに六人中四人も怪我を負った。

伊藤さんと女子の一人は無事だった。

「死んだ子んことなんやけど、伊藤くんのこと好きやったようやよ」

事故で亡くなった子は、生前、コックリさんの後で無事だった唯一の女子に片想いを打ち明けていたのだった。

高校三年生のときに、伊藤さんたち一家は再び洛中に引っ越した。

引っ越しのきっかけになった出来事がある。

この家では、丑三つ時になると、外から男女が歓談する声が聞こえてきていた。

どうやら住むようになってからずっと聞こえていたようだが、最初の頃は伊藤さんは中学生だったから早寝をしていて気づいていなかった。高校生になっても部活で疲れて、遅くまで起きていることは滅多になかったので、知らなかった。

ところが高三の二学期頃から受験勉強に打ち込みはじめて、午前二時や三時まで起きていることが多くなったら毎晩、聞こえてきたのだった——。


——キャハハハハハッ！

——云々かんぬん云々かんぬん云々云々……。

——云々云々……。アハハハハハ……。


話の内容までは聴き取れないが、数人でお喋りに興じていると思われた。

声はかなり大きく、真夜中に他人の家のそばというのに遠慮が感じられない。よく響く早口で何か言い合って度々ドッと受けている。

しかも延々と会話して、立ち去る気配がない。

伊藤さんは近所の農家の人々であろうかと想像した。真夜中にやらねばならない畑仕事があるのかもしれない、よう知らんけど、と考えた。大声のわりに彼らが何を言っているのか聞き取れないのがもどかしかった。

ある晩、やっぱり午前二時になったら話し声が始まったので、伊藤さんは思い切って窓を開けてみた。

声が止んだ。

窓を閉めると。

――アハハハハ……。

――云々かんぬん云々かんぬん……。

窓を開けると、再び静まりかえった。

これ以来、伊藤さんはイヤホンで音楽を聴きながら勉強するようになった。しかし、どうしても気になって仕方がない。きっと何か超自然的な現象だと思いつつ、合理的な理屈があれば知りたくて、祖父に相談してみたら、祖父は表情をこわばらせた。

「そん話は弟にしはるなよ！　怖がるから！」

「えっ、お祖父ちゃん、夜中の話し声んこと知っとったんか？　なんやよ、よけい気んなって受験勉強できなくなるやないか」

イヤホンを外せば声がして、窓を開ければ必ず止むのである。

イヤホン外す、窓開け、窓閉め、イヤホン入れる……と、つい繰り返してしまう。そのうち、頭が変になりかけた。

思い悩むあまり、あるときとうとう、伊藤さんは家の近くの道端でいきなり顔見知りのお婆さんを捕まえて、怪しい声について相談した。

お婆さんは気の毒そうな目つきになると、伊藤家の周りに群れるように咲いている彼岸花を指差した。

「見てみよし。彼岸花がようけ咲いとるやろう？　ここいらは土葬やったから、昔は近在ん人が死ぬと、こんへんに土を盛って埋めとったんよ。あんさんとこは古墳に家をお建てにならはったようなもんかもしれへんね」


伊藤さんの家が洛中に戻ったのは、それから間もなくのことだった。

彼岸花は、秋の彼岸の頃になると一斉に艶やかな真紅の花を咲かせる。かつては墓地でよく見かけた。鱗茎に強い毒があるため、土葬の時代、虫や獣から亡骸を守る目的で彼岸花を植えたのだという。

此岸と彼岸の架け橋になって、亡者たちの声をこの世に届けるために咲くわけではなかろうが……。

赤い靴は助からない

埼玉県のとある総合病院には、赤い靴にまつわるジンクスがある。

ここの外科に勤務していた看護師の吉塚恵利さんによると、今から一〇年ほど前に救命救急センターに運び込まれた三、四歳の女の子が赤い靴を履いていた。

女の子は意識がはっきりしていて、当初は助かる見込みだったのだが、治療中に容体が急変して亡くなってしまった。

それ以降、赤い靴を履いて救急車で搬送されてきた女性は、ほとんど死んでいる。

ジンクスを耳にしていた救急隊員が、運んでいる患者が赤い靴を履いていることに気がついて、救急車から降ろす前に靴を脱がせてやったことがあり、その女性だけは助かった。

その他の赤い靴を履いて救急車で来た女性患者は、年齢問わず一人残らず亡くなっている。二年前にこの病院を辞めてしまったから、今も続いているかどうかはわからない――と、吉塚さんは語った。

人形

――哲学者ルネ・デカルトには奇妙な噂がつきまとっていた。彼はつねづねフランシーヌという名の、見たところ五歳位の少女の人形をトランクに入れて肌身離さず持ち歩いており、クリスティーナ女王の招きに応じて海路スウェーデンに渡るときもこの人形を船室に持ち込んで、さながら生ける者を相手にするように話しかけたり身の回りの世話を焼いたりしていたというのである。たまたまドアの外でささやき声を耳にとめた船長がデカルトの留守に船室を調べて見ると、そこには薄気味の悪い少女人形がガラスの眼玉をパッチリ開いて寝かせられているではないか――

（種村季弘《たねむらすえひろ》「『怪物の解剖学』収録「少女人形フランシーヌ」より抜粋）

東京近郊にお住まいの五〇代の女性、木暮結花《こぐれゆか》さんからツイッターでメッセージをいただいて、およそひと月になる。

メッセージを拝読後、すぐにインタビューを申し込み、お身体が悪いとのことなので、電話でお話をうかがった。そして取材後に、一〇枚近い写真と若干の資料を送っていただき、さらにインタビュー内容を捕捉するためにメールでやりとりをした。

だから、書くための材料は充分に揃っている。彼女の体験談の核を成す「生き人形」というテーマにも、二年余り前に「いちまさん」と「人形心中」（いずれも『迷家奇譚』収録）という怪談実話を書いたため馴染みがあり、人形がらみの民俗学や美術史関連の資料も手もとに揃っていた。

ところが、木暮さんと交わしたある約束のために原稿を書きあぐね、気がつけば一ヶ月が経とうとしている。

木暮さんが関わった「生き人形」には「この人」と名指しできる物故した女性のモデルがいる。それが、彼女の芸名を書くか書かぬかで本の売り上げが変わってくるだろうと思えるほど、たいへんに有名な女優なのだ。死後も再三、テレビで追悼番組が特集され、彼女に関する出版物も多く、驚いたことに、未だにファンクラブもあるようだ。

しかし、木暮さんは、件の女優が誰であるか特定されないように書いてほしいと私に注文をつけたのだった。そして私はこの条件を呑み、秘密を守ることを約束した。

けれども、なにしろ、「国民的な」という冠詞を付けられたこともあるスーパースターに関することだ。出身地や死因を記しただけでも、たちどころに個人が特定されるだろう。どう書いてもバレてしまいそうな不安があるため、インタビューのメモと資料の山を前にしておきながら、手をつけられずにいた次第だ。

では永遠に書かずにいられるかというと、困ったことに、いつも以上に早く書きたくて仕方がないから厄介だ。王様の耳はロバの耳。読者の皆さまに話したくてたまらない。このままだと病気になってしまいそう。

そこで、どうか約束してほしい。もしも件の女優が誰かわかってしまったとしても、決して名前を口外せず、胸にとどめておくことを。

私としてもなるべく慎重に筆を進めてみたいと思うけれども……。

木暮さんは若い頃にさる著名な人形師のもとで球体関節人形の作り方を学び、二〇代後半からしばらくの間、人形師として活動していた。

球体関節人形は、人形の首・腕・脚などの各関節に球体を嵌め込んだ人形で、一九世紀にヨーロッパで作られるようになった。日本で「球体関節人形」という名称が一般に知られるようになったのは、一九六五年に作家の澁澤龍彦《しぶさわたつひこ》が、ドイツの美術家、ハンス・ベルメールの頽廃《たいはい》芸術的な人形を紹介した後のことだが、そのだいぶ前に、大正の末頃から昭和初期に活躍した人形師の平田郷陽《ひらたごうよう》が、おそらく西欧の人形を参考にして球体関節人形を制作している。

木暮さんが師事した人形師はハンス・ベルメールの影響を受けた耽美的な作風で知られ、若い女性を中心に人気があった。

偶然だが、私も若い頃から何度かその人形師と門下生たちの作品展示会に足を運んだことがある。私が眺めた人形たちの中に木暮さんの作品があったとしても不思議はないわけだ。それどころか、彼女と会場で擦れ違っていたかもしれない。

ともあれ、木暮さんは会社勤めのかたわら、せっせと人形制作に取り組んでいた。もともと凝り性で手先が器用だった彼女は、人形の細部までリアリティを追求することを好んだ。

おかげで一体を完成させるのに約一年もかかり、当然、材料代も馬鹿にならなかったが、幸い、彼女には良い顧客がついていた——それが件の有名女優の母親だった。ここでは仮に、野田さんとしておく。

女優だった娘が二〇代後半の若さで亡くなると、野田さんは木暮さんに、娘の顔かたちを忠実に模した人形を作るように注文した。

木暮さんは、一回は断った。

野田さんは娘を子どもの頃から溺愛していた。木暮家と野田家は、木暮さんが物心つく前から家族ぐるみの付き合いがあったことから、木暮さんは野田さん母子の並外れた密着ぶりをよく見聞きしていたし、娘を亡くした野田さんが激しく憔悴してしまったことも知っていた。

人形はけっして娘の代わりにはならないが、野田さんは現実を拒否して、娘の身代わりを求めることにしたのではないか？　それは狂気だ。

また、死ぬ間際のその娘――女優のようすも、木暮さんを躊躇させる原因となった。

女優が倒れてから死ぬまでにマスコミで報じられたのは美談の類だった。

死の淵に立ちながらも気高く穏やかな理想の女性像を、テレビや雑誌は繰り返し語っていた。かの大スターは運命を受け容れて、若く美しい姿のまま、静かに息を引き取ったはずだと、木暮さんから話を聴くまで、かくいう私も信じ込まされていた。

しかしながら実際は、同年輩や後輩の女優たちに対して「死ねばいいのに」と呪詛の言葉を吐き、「死にたくない」と周囲に訴えながら亡くなったのだという。

薬の副作用のせいで外見が醜くなると、たぐいまれな美貌を誇っていた彼女のために、鏡という鏡は全部、病室から取り除かれた。しかし己が変貌してしまったことに気づいて半狂乱となり、「鏡を見せて！」と絶叫し……結局、鏡を見て泣きわめいたという、痛ましい出来事もあった。

生に執着し、美しさも失って、足掻きながら死んでいったのだ。

野田さんから娘の人形を制作するようにと依頼されたとき、木暮さんは「彼女の霊は成仏できたのかしら？」と不安を覚えずにはいられなかったという。

古くから人形は魂をおろす依り代として用いられてきた。木暮さんはオカルトの信奉者ではないが、此の世に未練を残していたに違いない女優や、死んだ娘への執着を捨てない野田さんの気持ちに同情しながら、漠然とした厭な予感を抱かないわけにはいかなかったのだ。だから断ったのだが、野田さんはあきらめてくれなかった。

野田さんと木暮さんの母親は年齢が近く、共通の趣味もあって、非常に親しかった。そこで野田さんは木暮さんの母親を介して、再度、人形制作を頼んできたのだった。

実は木暮さんは生みの両親を失くして木暮家に引き取られた養子で、育ててもらった恩を絶えず自覚させられており、養母の命令には逆らえなかった。

木暮さんは渋々、女優そっくりの人形を作ることを承諾した。

すると野田さんは木暮さんに、さらにこんな注文をつけた。

「娘が女優になる前の、一七歳の少女の頃の顔にしてください」

木暮さんはこの希望も呑んで、すぐに野田家から写真のアルバムやビデオを両手で抱えきれないほど借りてきた。少女時代の女優の顔を研究するためだった。

写真などを観察するうち、木暮さんは、野田さんが娘の人形にデビュー前の顔を望んだ理由がわかってきたという。

客観的には、女優として最盛期の頃の容姿の方が、少女の頃より垢ぬけて美しかった。だが、少女のときの女優は、母親、つまり野田さんにそっくりだったのだ。

野田さんが加齢と肥満によって変貌し、同時に娘は、あでやかに開花し、洗練されていったことが、長年にわたって家族を記録したアルバムやビデオから読み取れた。

専業主婦として家庭に籠ったまま老いていく母と、女優になって世間の賞賛を集めつつ華麗な人生を歩む娘。野田さんは、自分には叶えられない夢を娘に託す一方で、寂しさを感じていたのだろう。

「古い写真やビデオに写った野田さん親子を眺めていると、二人とも本当にかわいそうで、切なくなってしまって……。野田さんの娘に対する気持ちは普通だとは思えませんでしたが、真心を込めて、完璧な人形を作ろうと決心しました」

ちなみに木暮さんは、私に最初に送ってきたメッセージの中では、この人形のことを「生き人形」と書いていた。そしてインタビューの間も何度か「生き人形」とおっしゃっていたので、私は当初、等身大の球体関節人形を想像していた。

その後、完成した人形の写真を何枚も拝見して、ますます、その感を強めた。

しかし実際は、人形の身長は七〇センチで、それほど大きいものではなかった。

ただし、その本物らしさは、まさしく「生き人形」と呼ぶに相応しかった。

歯は象牙を一本一本削り出して作り、眼球は人間用のと変わらない精巧な義眼を用い、髪とまつ毛は人毛を丁寧に植え込んだ。

そして衣装は、女優が七五三で着た振袖から着物を作って、人間にするのと同じように着せた。帯や帯揚げなども、すべて女優が生前使っていた衣裳からリメイクした。

——と、こう書くと、スムーズに制作が進んだように思えるかもしれないが。

「初めは、まだパーツを組み立てる前で、人形の顔が出来た直後でした。

夜、人の話し声で目が覚めて、なんだろうと思って部屋を見回すと、張り出し窓のところに立てておいた人形の首から声がしていました。

窓の外を向いて、ボソボソボソボソ、ずっと喋っているんですよ。

私は凍りついて声も出せず、蒲団を頭から被って朝まで震えていました。でも、朝になって恐る恐る見たら、何もおかしなところはない、作りかけの頭でした。昨日、私が置いたとおりになっていたので、夢を見たに決まっていると思い込もうとしたんです。

だけど、その後も、私が会社に行っている間に、作りかけの人形を置いていた私の部屋から、しきりに声や物音がしていたり……家族がてっきり私が会社を休んだものだと思って私のようすを見るために部屋に入ると、誰もいなかったり……。

私自身も、帰宅して部屋に入ろうとすると、中から声や人の気配がするので、家族が勝手に私の部屋にいるのだろうと思ったのに、ドアを開けたら誰も……。

そんなことが度々あったので、私はこの人形が本当に怖くなってきてしまいました。だからこそ、途中で投げ出せなくなったんですよ。手抜きも考えられませんでした」

最後に、木暮さんは人形の髪を結いあげた。秀でた額を出して束髪にすると、整った顔立ちが際立った。

木暮さんは人形の髪を一本ずつ人形の頭に植え込んで、前髪を作らずに、帯にかかる長さで切りそろえていた。人間の髪と同じように結い直すことが可能で、垂らしたままでもよかったが、振袖を着た全身のバランスを見て、結いあげることにしたのだった。

人形の出来栄えは素晴らしかった。上品な桜色の絹地に花柄の総刺繍をほどこした振袖を着て、赤い絞りの帯揚げをふっくらと出して金の帯を立て矢結びに締めた姿は、名家のお嬢さまそのもの。丸みを帯びた頬にあどけなさが残るが、大きな切れ長の目や端正な目鼻立ちは、大人になったらさぞかし……と予感させる。

――私は木暮さんから送ってもらった写真をひと目見てすぐに「あの女優だ」とわかったが、何も話を聞いていなければ、よく似ていると思った程度だろう。

なぜならその人形は、私たちが知らない、女優になる前の姿を写したものだったから。

そこで、木暮さんは野田さんの許可を得て、人形を引き渡す前に、人形展でお披露目をすることにした。女優を模したことは、野田家と木暮家の人々、それから女優の付き人だった某だけの秘密にして、多くの人々に作品として見てもらいたいと考えたのだ。

世間が自分の作品をどう評価するか知りたい。いや……賞賛する声を聞きたいというのは、作り手であれば誰しも思うことだ。

最高傑作だという自信があればなおさら、披露したいと欲するだろう。

人形から声がしたり、人形を置いた部屋から人の気配がしたり。そういった怪奇現象に怯える気持ちを畏怖の念に変えて制作に打ち込んだのが良かったのかもしれない。

女優の少女時代の顔を微妙な凹凸まで再現しつつ、穏やかで優し気な表情を形作ることを木暮さんは心掛けた。たおやかで上品でありながら、活き活きと……。

それは、死の床で女優が見せた哀れな姿から最も遠い、幸福な少女の理想形だった。

来場した野田さんを、正座した娘の人形が出迎えた。直前まで木暮さんは緊張していたが、野田さんが冷静で、他の来場者たちの前で人形の素性について口を滑らせることもなかったので安心した。

会場には師事していた人形師や他の門下生も集まり、木暮さんの人形を口々にほめ、木暮さんや人形と一緒に記念写真を撮った人たちもいた。野田さんや女優の元付き人の某も写真を撮っていった。

最初に写真のデータをメールに添付して送ってくれたとき、木暮さんは細部をよく観察することを電話で私に促した。

「このときの人形の唇の開き方や、まなざしの向きを見て、心に留め置いてください」

そこで私は写真を眺め、その場で気づいたことを述べた。

「歯を一本一本削り出してせっかく作ったのに、ほとんど隠してしまったんですね。これを見ると、唇の隙間からほんのわずかに覗いている程度です。でも、あの女優さんは、よくこんなふうに微笑んでいましたよね。大きな目を伏し目にして、綺麗だけど寂しい笑顔で……」

「子どもの頃からの表情の癖だったんでしょうね。実際は負けず嫌いで物凄い努力家で、気が強い人でしたが、一般の人からはそんなふうには見えなかったでしょう」

「ええ。おしとやかなイメージでした」

「はい。私は、優しくて穏やかな彼女で終わらせてあげたかったのです。鎮魂を願うつもりで作りました。それなのに、あんなことになろうとは……」

人形展から数日して、木暮家で引き渡し式を行った。

野田さんを迎えるにあたり、木暮さんの養父母は料理と酒を用意して、会食の席を整えた。人形を単なる物だと思えば大仰だが、養子に出すようなものだと考えると納得できる、フォーマルな雰囲気の宴の準備だったという（私はこれを聞いて木暮さん自身が養女だったことを想起したのだが、当人は何ら不思議を感じていないようだった）。

木暮さんは、人形を納める箱を作って待っていた。

しかし、野田さんは木暮家に来た途端、豪華な料理も何もかもすべて素通りして、金切り声をあげて人形に飛びついた。歓声とも悲鳴ともつかない耳障りな声だからよく聞き取れなかったが、どうやら娘の名前を叫んだようだった。そして皆が唖然とする中、人形を抱きしめて頬ずりをし、しきりと話しかけはじめた。

正気のようすではなかったが、とりあえず食事のテーブルに着かせた。どうしても人形を離さないので抱かせたまま椅子に座らせたが、スプーンですくったスープを人形の口もとに運ぼうとしたので、木暮さんが慌てて止めた。

「そんなことをしてはいけません！　塗装が剥げてしまいます」

野田さんは無念そうにスプーンを引っ込めたが、

「そうお？　でも食べたいわよねぇ？　お腹が空いたでしょ？　ねえ？」

……人形に顔を寄せて語りかけ、完全に精神の箍《たが》が外れてしまったようすであった。

結局、両家の人々がひそひそと話し合い、野田さんを早めに帰らせることにした。野田さんは、木暮さんがせっかく用意した箱は要らないと言い、野田家の家人が運転する車に乗り込むときも、人形を抱きしめて離さなかった。

「さあ、一緒におうちへ帰りましょうねぇ……」

「野田さん！　もしも、お人形が傷んだら修理いたしますから、いつでも言ってくださいね！」

別れ際に木暮さんはそう呼びかけたが、野田さんは返事をせず、木暮さんが直接、人形を目にするのはこれが最後になった。

それから二年ほど経ったある日、突然、野田さんから電話がかかってきた。

「テレビであの子の追悼番組が放送されるから見てね」

そこで木暮さんはその番組を録画しながら見たのだが、驚いたことに、放送の途中で木暮さんが作った例の人形の変わり果てた姿がチラッと画面に映った。

市松人形のようなおかっぱ頭にされていることはすぐにわかった。

が、それ以上に大きく印象が違っていた。気のせいであってほしいと願いながら、木暮さんはすぐに人形が写っている部分の録画を再生して確かめた。

おとなしい伏し目だったのが、今はなぜか正面を見据えており、ギラついた光を放っている。優しい微笑は口角を上げたアルカイックスマイルに変わって、歯が剥き出しになり、おまけに元はなかった隙間が前歯に生じて、すきっ歯になっていた。

乾燥して硬化した石塑粘土の顔である。目もと口もとが動くわけがない。

木暮さんは自分の記憶を疑い、完成時の人形の写真を出してきて、見比べてみた。

……やはり、顔つきが変わってしまったとしか思えなかった。

それでもまだこんなことが起こるとは信じられず、あの人形を見せたことがある友人と家族にも録画を見てもらったところ、全員の意見が一致した。

間違いなく人形の表情が変化している、と――。

さて、木暮さんの話はこれでほとんどおしまいだ。その後、彼女は人形をめぐる人の心が怖くなり、人形作りをやめてしまった。やがて野田さんが七五歳で亡くなった頃から、木暮家と野田家では家族の早逝や不和などが続き、家同士の交流も途絶えた。木暮さん自身も難病に罹り、いつ急死しても不思議はないのだという。

変貌した人形を私も見た。インタビュー後に木暮さんから送られてきた追加の資料の中にその写真とビデオがあったのだ。当初は無かった生々しい迫力を備えており、見比べるまでもなく違っていた。

——これこそはあの悪魔の作った人形の呪いにちがいないとばかり、船長が哲学者の船室からフランシーヌを持ち出して海中に投げ捨てると、嵐は嘘のようにピタリと凪《な》いだという——

（種村季弘「『怪物の解剖学』収録「少女人形フランシーヌ」より抜粋）

尾道の旅館

広島県尾道市の旅館で奇妙な日にあったと林守雄さんは語る。

師走七日のことだった。尾道に住む映画監督に仕事の用があり、夜しか都合がつけられないと先方が言うので、市内に宿を取ることにした。ビジネスホテルで充分だと考えていたのに生憎とどこも満室で、とある老舗旅館を予約した。

着いてみると一階に日本庭園を望む大広間をしつらえた立派な旅館だ。忘年会の季節だが、何故かここは客が少なく、今夜も宴会の予定がないという。

そこで日の高いうちは大広間を貸してもらって、東京から一緒に来た同僚たちと庭を眺めながら打ち合わせをした。古い宿にしては暖房が行き届き、暑すぎるほどだったので、カーディガン代わりに着ていた綿のジャケットを脱いだ。このジャケットはポケットが多くて便利なので、コートの下に重ね着してきたのだった。

夜、約束どおり件の映画監督の家を訪ねて、二時間ぐらいでお暇するつもりだったのが、思いがけず話が盛りあがって、終わったときには深夜〇時を過ぎていた。同席した観光協会の某と連れだって監督の家を出て、バーで軽く飲み、ようやく独りになって腕時計を見たら午前二時に近かった。

こんな時間、しかも小雨がパラついてきた。また、骨の芯が痛むほど寒い。

このとき、綿のジャケットを着ていないことに気がついた。

たしか昼間に旅館の大広間で脱いだ。まだあそこにあるに違いない。あのジャケットのポケットには、出張経費を落とすために必要な領収書が何枚も入っている。それが合計すると馬鹿にならない額だった。

血が下がる思いがして、一気に酔いが冷めた。早足で旅館に戻ると、仲居さんが出てきて玄関を開けてくれた。帰りが遅くなることは出る前に言っておいたから、驚かれもしない。仲居さんが玄関の鍵を掛けている間に、急いで大広間に行ってみたら、昼間と違って、廊下側の杉戸を閉めていた。

構わず、ガラガラと杉戸を開けると、中は真っ暗で、電灯のスイッチの在り処もわからない。雨戸も閉まっているのだな、と、思いながら、廊下から差す薄明かりを頼りに畳を踏んで中に入った。

左の奥に仄かに白く襖が立ち塞がっていた。二間つづきの広間の真ん中を襖で仕切っているのだ。日中はあの襖が開いていた。打ち合わせのときに座っていた位置を思い返してみると、大事なジャケットは襖の向こうにあるに違いなかった。

林さんは襖を開けた。駆け込んでジャケットを取ってこようと考えていたが、黒一色の闇に鼻先を包まれ、たたらを踏んで立ち止まる。

途端に、暗がりの奥で音がした。

ミシッ。

畳を踏む足音だ。

ミシミシッ。

いや、違うかもしれない。

畳に両手両膝をついて、こっちに這い寄ってくるような……。

ミシミシミシミシッ。ミシミシミシミシミシミシミシミシミシミシッ！

林さんは悲鳴をあげて向きを変え、廊下に飛び出すと玄関を目指して一目散に走った。

するとと廊下の角からヌッと現れた者があったので、再び絶叫して腰を抜かした。

「なんか、大騒ぎして？」

さっきの仲居さんだった。片手に、ハンガーに掛けた林さんのジャケットを提げている。

「お客さんの上着をお預かりしとったけぇ、お返しにあがろう思うて。ちょうどよかった、ここでお渡しいたします」

「ああ……ああ、そ、そうですか。そこの大広間に置き忘れたから、今、勝手に取りに入らせてもらったんですよ」

仲居さんは大広間の方を一瞥して、一瞬、眉を曇らせたが、すぐに明るく顔をとりつくろって、こう付け足した。

「そうそう。その上着、なしてか濡れとったけぇ吊るして乾かしといたんじゃけど、まだ少し湿っとるかもしれんね。気持ち悪うて、すまんことです」

林さんのジャケットは、雨に濡れたかのように、まだしっとりと湿っていた。

降霊怪談顛末記　～あとがきに代えて～

この本では、端書で久しぶりに自分の体験談を綴らせていただいた。そこで最後も私自身のエピソードで締めようと思う。

ごく最近の出来事だ。

二〇一八年八月半ば、超常現象研究家で作家の住倉カオスさんや怪談師としてもご活躍中のDJ・響洋平さんが発起人となったオールナイト怪談イベント「オカルトロニカ」が東京都渋谷区の代官山で開催され、私も語り手の一人として参加した。

オカルトロニカは、怪談実話の語り手が集って一話ずつ語り、それによって降霊が成されたか否か録音などで検証するという降霊実験的なコンセプトを持っており、その点に強く興味を惹かれ、是非、語り手として参加させてほしいと住倉さんに申し出たのだ。

当夜、代官山の会場を訪れると、八〇人余りの観客が詰めかけていた。

怪談の語り手は私を含めて一七人で、検証役として精神科の医師二名も招かれ、音響や照明スタッフ、マスコミ関係の招待客も合わせたら、その場に総勢一〇〇人以上が集っていたことになる。

語り手も出番のとき以外は会場の好きな場所に座っていいとのことだったので、私は友人ご夫妻のそばに席を確保した。

壁際の隅の席だった。私は座るとすぐに、ごく自然に壁に背中をつけた。

――その途端、後頭部の髪の毛が一束、軽く上の方に引っ張られた。

壁面に出っ張りがあって髪が引っ掛かったのだと思い、反射的に振り返った。

だが、壁は滑らかなコンクリートで、まったく凹凸が見当たらない。

奇妙な気がした。しかし、些細なことだった。

すぐに住倉さんの司会でイベントがスタートしたので、気にする暇もなかった。

最初に、この会では、降霊実験というコンセプトに基づき、心霊を招くために、陰陽道や風水の知識を活用したという説明があった。

中国の陰陽五行思想に由来する陰陽道や風水は、方位・方角を重んじる。

たとえば、陽の方角である東と南に対して北と西は陰の方角で、陰陽の境にあたる北東は鬼門、同じく南西は裏鬼門となる。

そして、鬼は厄災をもたらす邪悪なものを差すため、陰陽道では鬼門と裏鬼門は万事において忌むべき方角とし、風水でも陰の二方位と鬼門・裏鬼門を合わせて凶方位と呼んで退ける。

しかしながら、この会では、心霊を呼び寄せるために、あえて語り手が裏鬼門に座り、鬼門の方に顔を向けて怪談を語りかけるのだという。

鬼という漢字の原義は死者の魂であり、中国において鬼と言えば死霊を指すからだ。

――でも、陰陽道では、鬼は鬼門から入って裏鬼門へと抜けていくと信じられている。

出口を人が塞いでいる場合、呼ばれてきた鬼はどこへ行くのだろう?

そんなことを考えていたら、

「語り手の皆さんは、幽霊に語りかけてください」

と、そのとき住倉さんがマイクでアナウンスした。

次いで彼は、私から見て真正面の壁を指差した。

「こちらが北東で、ちょうど鬼門になります」

そして私を指差して「あちらが裏鬼門になります」と紹介した。

いや、そうではない。私の方が指差されたのだ。

つまり語り手たちは、順繰りに私の前に出てきて、こちらに背中を向けて座り、怪談を語ることになるわけだ。

このとき私は、たった一ヶ所しかない裏鬼門をたまたま選ぶなんて面白いじゃないかと思い、席を替わることは考えなかった。

その後、イベントの間中、夜を徹してコックリさんを行い、盤面の生中継映像を裏鬼門側の壁一面に絶えず映写する他、実況中継を怪談語りの合間に差し挟む旨の説明もあった。イベントは順調に進行した。

語り手たちは籤で決めた順に語り、私は三番手だった。それなりに上手く語れたという手応えがあった。

ただし、語っている最中から急にひどく首が凝りはじめて困惑した。

正面を向いて話していただけなのに、うなじから頸椎にかけた首の後ろ側の筋肉がギュッと縮んで硬くなり、重石を乗せられたように感じだしたのだ。

普通の肩凝りとは違う。こんな症状は初めてだ。

語っている間は我慢したが、席に戻るとすぐにうなじを触らずにはいられなかった。こわばった筋肉を揉みほぐそうとしていると、隣にいた友人ご夫妻の奥さんの方に「首、大丈夫ですか」と労わられてしまった。

私は気を遣われたことが恥ずかしくて「ええ、まあ」と曖昧な返事をした。

その途端、あてがった掌の下で首が固まった。まるで石だ。動かすたびに鈍くて重たい痛みが頸椎から生まれて、両肩から背中までブワンと広がる。

コックリさんの実況中継が始まると、首の凝りを束の間でも忘れたいと思い、私はコックリさんをしている会場の一角に視線と意識を集中させた。私の席からは離れていたので盤面までは見えなかったが、やっている人たちの仕草や表情ぐらいはわかる。

すぐに、彼らの声がマイクで拡声されて流れはじめた。

「コックリさん、コックリさん、今夜、会場に来ているなかに、誰か興味がある方はいらっしゃいますか？」

このイベントでは、盤上を生中継するだけでなく、コックリさんの回答を逐一、マイクを持った人が読みあげて、この場にいる約一〇〇人に知らせることになっていた。

コックリさんが質問に答えた。

《はい》

観客からどよめきが上がる。

「コックリさん、それはどの人ですか?」

《わふく》

隣で友人夫妻が揃って小さな悲鳴をあげてこちらを向いた。

私は和服を着ていた。しかし他にも着物姿の人はいる。

「和服をお召しの方は何人かいらっしゃるようです。そのなかの誰でしょうか?」

《かわな》

会場の視線が一斉にこちらに向いた。視線が銃弾なら蜂の巣になるところだ。

一瞬でカッとのぼせたように感じて顔が火照り、同時に、首の後ろが激しく疼いた。

あまりの痛さにギュッと目を閉じ、反射的に掌で押さえて戦慄した。

うなじの辺りが、熱を帯びて硬く腫れあがっていたのだ。はっきりと盛り上がっている。

「それは川奈まり子さんでしょうか?」

《はい》

また会場がドッと湧いた。

「皆さん、見ましたか？　ここに降りていらしている方は、川奈まり子さんに興味がおありだそうです。では質問します。あなたは、川奈まり子さんのお知り合いなのでしょうか？」

《はい》

「なんと、お知り合いだそうです。川奈さん、心あたりは？」

そんなことを急に訊かれても困る。

第一、首が痛くて考えがまとまらない。亡くなった知人や友人、親戚の顔が虚しく頭を駆け巡るばかりだった。

私は、心あたりはないと答えた。

「では、コックリさんに訊いてみたいと思います。コックリさん、あなたのお名前は？」

この質問には、私は固唾を呑まないわけにはいかなかった。

しかし、コックリさんは答えなかった。私との係累なども質問されたが、そこから先の回答は意味不明で、いったん鳥居にお帰りいただくことになった。

その後も怪談語りとコックリさんが何時間も続いた。終わったのは明け方で、あとは始発が動き出す時刻まで、会場に残れる者は残って雑談や軽食を楽しむことになった。落とされていた照明がいっぺんに点き、人々が立ち歩きはじめた。すると首の激痛がたちまち消えた。

あんなに痛かったのが嘘のようだった。瘤のような膨らみもなくなっていた。首の痛みが去ると、にわかに空腹を覚えた。私は飲み物と軽食を買うバーカウンターの前の列に並んだ。

バーカウンターがある所は床が高くなっていて、会場が広く見渡せた。並んでいる列のそばに車椅子の女性がいて話しかけてきてくれたので、手持ち沙汰だった私は彼女と短い会話を楽しんだ。とても知的で、賢者の風格を備えた女性だった。

そのうち、彼女は非常に気になる話をしはじめた。

「私は、車椅子の車輪にストッパーをかけて、ずっとここから会場を眺めていました。そのせいで、皆さんが気づいていない現象が私には見えていたと思うのです」

「たとえば、どんな?」と私は訊ねた。

「全員が一斉に、後ろを振り返ったと思ったら、すぐに天井の方を見あげてキョロキョロしたときには、とても不思議な感じがしました。川奈さんも壁の方を振り向いたり、上を見たりしていましたよ」

そう言われてみれば、頭の後ろの髪が軽く引っ張られた感じがしたときがあった。

「このイベントが始まって間もない頃ですか？」

「はい。そのとき、会場にいる人たちが一斉に後ろや上を向いて視線をさまよわせたんです。ここにいる何十人が一斉に、ですよ。それはほんの一、二秒のことで、すぐに全員が何事もなかったかのように前を向いたので、私は、皆さんには何が起きたか全然わからなかったんだなと思ったのです。とても神秘的な光景でしたよ」


それから私は、二人前は優にありそうな大盛のタコスを買って、五分くらいで貪り喰ってしまった。皿を舐めたように平らげ、まだ足りない気がしてバーカウンターに戻ったが、もうどの料理も売り切れてしまったと言われた。

そこで、うちにはあまり食べ物の買い置きがないから、帰り道でコンビニエンスストアに立ち寄ろうと考えた。するとコンビニで売っている食べ物が次々に頭に浮かび、生唾がわいてきた。

――狐など動物系の妖怪や動物霊に憑依されると、急に大食いをするようになるという。そしてコックリさんは「狐狗狸さん」と書き、狐や狸の霊を降ろすものだと説く人もいる。しかし、一八八四年に伊豆半島沖に漂着したアメリカの船員がウィジャボードを広めたのがコックリさんの起源だという説の方が有力だ。空腹は偶然で、何かに取り憑かれたわけではないと私は考えた。

午前五時過ぎに会場を後にして、代官山駅から東急東横線に乗った。初めは明治神宮前駅で乗り換えて、うちの最寄り駅である表参道駅で降りるつもりだった。けれども、長時間、室内に籠ってじっとしていたせいか、明治神宮前駅でいったん電車を降りると、また電車に乗るのが厭になった。

明治神宮駅から自宅までは徒歩で一五分ほどの距離で、道程の九割を表参道が占める。

表参道は元は明治神宮の参道だった道だが、現在は、明治神宮駅前（原宿駅前）の神宮橋交差点から青山通り（国道二四六号線）までの国道の一区間を差す。

全長約一・一キロメートル、幅員三六メートル、往復四車線の大通りで、道の両脇に美しい欅並木がある。

歩道もそれなりにゆったりしていて見通しが良いから、散歩するのにちょうどいいのだ。

駅舎の外に出ると、薄曇りの蒼白な空が街の上に広がっており、そよ風が涼しかった。

時刻はだいたい朝の六時。この通り沿いにはブティックや小洒落たショッピングモールが立ち並び、各店舗の標準的な開店時刻の午前一一時頃から閉店時刻の夜八時すぎまではファッショナブルな人々でにぎわう。しかし日曜の早朝なので、今は人通りがない。

しばらく何事もなく歩いていたが、やがて、五〇メートルぐらい先の前方に女性が現れた。忽然と現れたように思って驚いたが、すぐに、女性の横に公衆便所があることに気づいた。

トイレから出てきただけかと胸を撫でおろし、あらためて女性の風体を観察して得心がいった。おそらく彼女はホームレスだ。公衆便所で夜を明かしたのだろう。

全身が薄汚れており、片手に膨らんだボストンバッグ、片手にデパートの紙袋を提げていて、典型的なホームレスという印象だ。つばのついた帽子を目深に被って、長い髪の毛を顔の両脇に垂らしているが、帽子は破れて型が崩れ、髪はもつれあって艶が無い。

しかし真冬の服装をしていることが引っ掛かった。

今は八月。早朝とはいえ三〇度近くあるはずだが、ニットのマフラーを首に巻き、中綿入りのハーフコートを着ているのだ。顔の下半分をマフラーに沈めてこちらへ歩いてくる。近づくにつれ、その痩せ方も気になってきた。

ミイラのように痩せ細っている。分厚いコートを着ていても、肩の尖り具合や胴体の薄べったさがわかる。両脚はズボンの中で泳ぎ、コートの袖口から見える手首も異常に細い。

私はさりげなく歩道の端の方に寄った。穏便に擦れ違うつもりだった。

けれども、擦れ違う刹那、どうしても気になってチラッと彼女に視線を投げてしまった。

すると、同じタイミングで彼女がマフラーに埋めていた顎をクイッと上げて、顔を起こして私を振り向いた。

口もとが犬の鼻面のように前に突き出していた。おまけに肌の色が灰色だった。

白目が無い、隅から隅まで真っ黒な二つの眼が、濡れた艶を放ちながら私を睨みつけた。

私は震えあがって逃げ出した。

青山通りの方へ五〇メートルばかり全速力で駆けて、横断歩道の手前で振り返った。

――フラフラと定まらない足取りで明治神宮方面へ去っていく後ろ姿は、もう、冬服を着ていること以外は特に変わったところのない、ホームレスにしか見えなかった。

後になって思い返してみれば、無彩色な灰色の滑らかな皮膚に覆われた彼女の顔は、イヌ科とホモサピエンスを足して二で割ったかのような造形を示して、不思議な美しさを放っていたが、睨まれた瞬間の衝撃は一生忘れられそうもない。

私はその後、自宅のすぐ近くのコンビニに寄り道して、レジ袋二つ分の食料を買った。あんなものに遭ったというのに、食欲が失せていないことに我ながら呆れた。日頃の私は大食漢ではなく、これも尋常ではない。

コンビニから住んでいるマンションまでは三分もかからない。間もなく私はマンションのエントランスに辿りついた。

ガラスのドアに、両手にレジ袋を提げ、バッグを斜めがけした、着物姿の中年女が映る。うちのマンションの出入口には、左右に開くガラスの引き戸開閉式のドアが二重に設置されている。建物の外側のドアは自動ドア。そこから内側のドアまでのスペースに、電子錠のキーパッドと呼び出し用のプッシュボタンや液晶画面の付いたコンソールがある。内側のドアは、このコンソールのキーパッドに電子錠を接触させるか、プッシュボタンで部屋番号を入力して室内にいる人を呼び出して開錠してもらわなければ開かない。二重のドアを透かして、無人の玄関ホールが見渡せた。管理人は住み込みだが、朝八時にならないと出てこないから、受付カウンターにも誰もいない。

一歩、近づくと自動ドアが開いた。

――そして同時に内側のドアも開いた。

私は棒立ちになった。電子錠は斜めがけしたバッグの中だ。まだ取り出してもいない。開くわけがないものが、開いた。

しかも、なかなか閉まらなかった。本来、このドアは、開けたらすぐに通らないと、五秒で閉まってしまうのだ。中にいる誰かに、ドアの内側付近の自動開錠エリアに立っていてもらわない限りは。

それが、何十秒経っても左右に大きく開いたまま、微動だにしない。

いつまでも変化が起きそうにないので、思い切って通り抜けた。

その途端、背後でドアが閉まりはじめた。目を剥いて振り返ったのと、左右の扉が合わさったのが同時だった。

私は帰宅するとただちに、コンビニで買ってきた餌を口に詰め込んだ。そしてお腹がくちくなるや否や、気絶したかのように着物を着たまま眠り込んでしまった。

目覚めてからは食欲が正常に戻り、首の痛みや腫れがぶり返すこともない。

ただ、最近、ますます写真うつりがおかしい。六月頃から変だったが、さらに頻繁に、人間ではないもののように撮れてしまうようになった。

しかし厭ではない。むしろ嬉しく、誉れにすら感じる。

所詮、此の世は幽き花道。奈落の底がむしろ恋しい。


拙作の実話奇譚は黄泉への恋文であり、遥かな鬼門から送られてきた返信でもある由。

お盆に霊の還るのを惜しむように読んでいただけたら重畳。彼岸の詠み手への供養ともなるのですが。

二〇一八年　神帰月

【参考資料】　『　』…書籍または冊子／その他は新聞やウェブサイトなど

『全訳漢辞海 第四版』三省堂
・「写真ということば 写真の語源について」日刊デジタルクリエイターズ
『源氏物語―付現代語訳』『源氏物語評釈 第11巻』紫式部・玉上琢弥（現代語訳・脚注）
・「実録!!TOCANA心霊ファイル」タケヤ（DVD）
『いわき市・東日本大震災の証言と記録』福島県いわき市編纂
『名山の文化史』高橋千劔破
「過去における主な災害一覧（地震・火山を除く）」栃木県庁作成PDF資料
『日本の神々と仏―信仰の起源と系譜をたどる宗教民俗学』岩井宏実（監修）
・「ホース100年ものがたり」テイセン版ちょっとためになる話
・「昭和49年という永遠のループの中でまる子は生きている！」アニメイトタイムス
『ふじあざみ　55号』富士砂防事務所

・「あるのは自然だけ　西湖で満喫、自然体験民宿で知る、土地の食と生活と文化」富士山クラブ
・「台風26号、山梨、静岡に大被害」昭和41年9月26日付 毎日新聞
『富士山99の謎　――魔の樹海から化石湖まで』春田俊郎
『樹海考』村田らむ
・「神奈川県三浦半島（一部湘南）の心霊スポット」5ちゃんねる
・「南洋占領諸島概記」逓信省通信局（国立国会図書館デジタルコレクション）
・「大正4年逓信省告示第778号」大蔵省印刷局［編］官報
『英霊の絶叫　玉砕島アンガウル戦記』『滅尽争のなかの戦士たち』船坂弘
『戦史叢書　第一三巻』防衛庁防衛研修所戦史部編
・「アンガウル島へ行こう」篠原直人・空のカケラライブラリ
『あのころのパラオをさがして 日本統治下の南洋を生きた人々』寺尾紗穂
『地球の歩き方 リゾートスタイル パラオ』地球の歩き方編集室
『戦没者合祀と靖国神社』赤澤史朗
・「九段坂」千代田区観光協会

・「東都名所坂つくしの内飯田町九段坂之図」歌川廣重・文化遺産オンライン
・「くだんうしがふち」葛飾北斎・文化遺産オンライン
『江戸東京怪談文学散歩』東雅夫
『岡本綺堂読物選集・4』岡本綺堂
『ショート・ピース』大友克洋
・「Edward J. Ruppelt」ウィキペディア（英語版）
・「宇宙戦争（H・G・ウェルズ）」ウィキペディア
『宇宙戦争』H・G・ウェルズ
・「SECOM FLEX説明書」セコム株式会社
・「サービス内容・特長について　よくあるご質問」セコム・ホームセキュリティ
・「ミニコンポ」「カーオーディオ」ウィキペディア
『新選俳句歳時記』多田道太郎
・「葛飾北斎の句」検索エンジン・増殖する俳句歳時記
・「桜田公園」港区公式ホームページ
・「繁華街の生涯学習センター」西新橋通信

・「桜田公園」 4トラベル・JP
・「足利花火大会」 足利観光協会・学び舎のまち足利
・「震災遺構　仙台市立荒浜小学校」 仙台市
・「東日本大震災の遺構となった仙台市立「旧荒浜小学校」を訪ねる」 4トラベル・JP
『いわき市・東日本大震災の証言と記録』 福島県いわき市
『羅城門の怪 異界往来伝奇譚』 志村有弘
・「彼岸花とお墓の関係」(株)小野寺石材店
・「ヒガンバナ」 ウィキペディア
『怪物の解剖学』 種村季弘
『迷家奇譚』 自著
『人形愛』『人形作家』 四谷シモン
『少女コレクション序説』 澁澤龍彦
『図説 日本呪術全書』 豊島泰国
『呪いと日本人』 小松和彦
『陰陽道 呪術と鬼神の世界』 鈴木一馨

実話奇譚　奈落

2018年12月6日　初版第1刷発行

著者　川奈まり子
企画・編集　中西如（Studio DARA）
発行人　後藤明信
発行所　株式会社 竹書房
〒102-0072 東京都千代田区飯田橋2-7-3
電話03（3264）1576（代表）
電話03（3234）6208（編集）
http://www.takeshobo.co.jp
印刷所　中央精版印刷株式会社

定価はカバーに表示しています。
落丁・乱丁本の場合は竹書房までお問い合わせください。

ISBN978-4-8019-1675-3 C0193